중딩들은 라이팅중

중딩들은
라이팅 중

초판 1쇄 인쇄_ 2022년 02월 10일 | **초판 1쇄 발행_** 2022년 02월 15일
지은이_고산중학교 책쓰기 동아리 'Enjoy Writing Books' | **엮은이_**김다정
펴낸이_진성옥 외 1인 | **펴낸곳_**꿈과희망 | **디자인·편집_**박경주
주소_서울시 용산구 한강대로 76길 11-12 5층 501호
전화_02)2681-2832 | **팩스_**02)943-0935 | **출판등록_**제2016-000036호
E-mail_ jinsungok@empas.com
ISBN_979-11-6186-114-2 43810

고산중 책쓰기 동아리
'Enjoy Writing Books' 지음

권성영 문정현 김나윤
김민규 박정훈 이서현
이재린 장예준 최수환

김다정 엮음

중딩들은
라이팅 중

글 쓰며(Writing) 빛나게(Lighting) 성장하는
우리들의 이야기

꿈과희망

☆ 책머리에

2021년이 시작된 지 엊그제인 것만 같은데 장마와 태풍이 몇 번 지나가고 아름다운 색감을 담은 가을을 잠깐 보다 보니 어느새 한 해를 마무리하는 겨울입니다. 하루하루 시간이 너무나 빨리 지나가 한낮의 햇살이라도 잠시 잡아두고 싶은 요즘입니다.

코로나19라는 예기치 못한 상황으로 작년부터 학교 현장에서는 큰 변화가 생겼습니다. 온라인 수업이 진행되기도 하고 모둠 활동도 어려워 아쉬움이 많습니다. 그나마 올해는 작년보다 학생들의 얼굴을 조금 더 직접 볼 수 있었고, 모두가 건강한 모습으로 웃으며 책쓰기를 마무리할 수 있게 되어 다행입니다.

우리 학교에서는 전일제·반일제 동아리 활동일에 도서관에 모여 글쓰기 활동을 진행했습니다. 동아리 활동일이 7회 남짓으로 횟수가 많지 않음에도 불구하고 글쓰기를 비롯한 다양한 활동에 성실하게 참여하여 한 권의 책을 완성하는 힘든 일을 해낸 학생들이 정말 대견합니다.

올해도 중학생이라는 독자를 대상으로 제목은 '중딩들은' 시리즈로 준비하고자 마음을 모으고 주제를 정하는데 처음에는 의견들이 분분했습니다. (우리 동아리에서는 「중딩들은 혁명중」, 행복중, 반성중. 이렇게 연결하여 매년 글을 담고 있습니다.)

'놀이중', '꿈꾸는중', '반항중', '시청중', '쓰는중', '로딩중' 다양한 의견들이 나왔습니다. 고민하다가 이 주제들을 하나로 묶을 수 있는 '쓰는중'으로 결정. 글쓰기(Write)에 빛나는(Light) 학생들의 모습을 더해 「중딩들은 라이팅중」이라는 중의적인 제목을 완성했습니다. 국어와 영어의 혼용으로 조금은 어색하고 문법에 맞지 않을 수도 있지만 참여한 학생들의 모습만큼은 무엇보다 잘 그려지는 제목이 되었습니다.

글을 모으고 나서 많은 학생들이 '원하는 만큼 잘 쓰지 못해서 아쉽다'라고 후기를 남겼습니다. 하지만 괜찮습니다. 우리는 전문 작가가 아니고 아쉬움이 남아야 또 다음에 도전할 수 있는 것이니까요. 솔직하게 자신이 평소에 쓰고 싶었던 상상들을 풀어내거나 일상을 돌아보고 추억과 경험을 정리하며 '나'를 생각해 본 그 자체로 성장의 경험이자 빛나는 모습이라고 생각합니다. 그렇기에 조금 부족하더라도 생각하고 쓰고 고치기를 반복하며 함께 엮어 낸 학생들의 글 재미있게 읽어주시고 아낌없는 응원과 격려를 부탁드립니다.

모든 학생들이 앞으로도 빛나게 성장하기를 바라며 저희 동아리 결과물 『중딩들은 라이팅중』을 펼쳐주신 여러분께 진심으로 감사드립니다. 중학교 시절을 회상할 때 힘들었지만 의미 있는 시간이자 행복했던 순간으로 '책쓰기 활동'이 기억되기를 바랍니다.

그럼 이제 앞으로가 더욱 기대되는 친구들의 글을 만나보겠습니다.

차가운 겨울날 햇살 포근한 도서관 창가에서

사서교사 김다정

차례

책머리에 _김다정 5

작은 전환점들
권성영 〰〰〰〰〰 11

택배를 사랑하니까
문정현 〰〰〰〰〰 25

안 괜찮아도 괜찮아
김나윤 〰〰〰〰〰 41

야간산행
김민규 〰〰〰〰〰 67

Q. A.

박정훈 ～～～～～ 85

중딩, 영상을 만나다

이서현 ～～～～～ 101

삶의 힘이 되는 여행

이재린 ～～～～～ 111

SSS급 능력자 + 부록

장예준 ～～～～～ 125

나, 너 그리고 편지

최수환 ～～～～～ 149

작은
전환점들

Enjoy Writing Books

권성영 (2학년)

중딩,
지금의 나를 소개합니다

◆ 작가명 : 권성영

◆ 나이 : 15세

◆ 나의 오랜 시절 꿈은? : 심리 상담사

◆ 좌우명 : 입은 닫고 귀는 열자

◆ 나의 취미 : 잠자기

◆ 내가 요즘 즐겨 듣는 노래 : 윤하-parade

◆ 내가 좋아하는 가수 : 없다

◆ 내가 좋아하는 음식 : 떡볶이, 달달한 거

◆ 나와 너를 반짝이게 하는 한 마디 : 아름답게 빛나는 우리. 행복하자.

◆ 글을 쓰다

예전부터 글을 쓰고 싶다고 생각했었다. 그리고 글쓰기를 제법 좋아하기도 한다. 그러던 차에 학교 동아리에 책 쓰기 동아리가 있어서 좋은 기회로 하게 되었다. 실제로 책으로 묶어 낸다고 하셔서 처음엔 부담도 되었지만 기대도 됐다. 걱정 반, 설렘 반으로 이 글을 시작해본다.

난 어릴 때부터 책을 좋아했지만 부끄럽게도 사실 많이 읽지는 않았다. 그냥 옆에 책이 있는 것만 좋았던 것 같다. 그냥 귀찮아서. 진짜 펴기가 귀찮아서. 그래서 그런지 책을 좋아한다고 주변에 말해도 반응이 어쩐지 좀 미미했다. 약간 오잉? 네가? 이런 눈빛과 반응이었다. 이제는 나의 귀차니즘을 탈피하고 그런 반응 또한 보지 않기 위해 조금씩 책을 읽고 있다.

어릴 때부터 글쓰기 대회에 참여하면 못해도 장려상은 받았기에 글쓰기에는 조금 자신이 있었다. 그러니 열심히 써서 나도 재밌게 보고 읽는 사람들도 공감하며 흥미 있게 읽을 수 있는 글을 써야겠다. 비록 지금은 시험기간이지만 …….

이 글을 간단히 소개하자면 지금 나를 있게 한 순간들에 대한 기록이다. 제목을 붙이자면 내 인생의 전환점. 아주 편안한 마음으로 읽으면 되는 글이다.

◆ 첫 전환점

이제 겨우 열다섯. 아니 벌써 열다섯?

아직까지 나는 내 인생의 전환점이라고 할 만한 것이 크게 없다고 생각한다. 사실 전환점이라고 해도 항상 다시 똑같은 곳으로 돌아올 수 있었기 때문이다. 전환점이라기보다는 반환점에 가까울 수도 있다. 그렇지만 무언가 나의 삶에 변화를 주었기 때문에 전환점이라고 소개하겠다.

첫 번째 전환점은 이사이다. 나는 원래 경북 영덕 쪽에서 살았었다. 대게가 맛있고 유명하다는 그곳 영덕에서 나는 태어나고 자랐다. 맛있는 생선들과 도시 사람들은 흔하게 먹지 않는 대게를 자주 먹으면서 자라왔다. 그렇게 향긋한 때로는 비릿한 물 내음을 맡으며 하루하루 땡가땡가 놀며 보내고 있던 초등학교 2학년 9살의 2015년. 나는 조금 더 큰 도시 포항으로 이사를 가게 되었다. 영덕에서는 친구들도 있고 하루하루가 즐거웠는데 포항으로 이사를 가면 오래도록 봐왔던 친구들과도 놀 수 없고 적응도 해야 한다는 생각을 그때는 사실 하지 못했었다. 마냥 새로운 집이 들떴다. 난 너무 어렸으니까……

그렇게 친구들과 제대로 인사도 못한 작별을 하고 영덕을 떠나 포항으로 이사를 가게 되었다. 엄마는 나의 학업을 위해서 좀 더 큰 도시로 이사를 가게 된 것이라고 하셨다. 생각해보니 그럴 수도 있었겠다는 생각이 든다. 영덕은 내가 학업에 열중하기엔 교육이 좀 부족했던 거 같다. 지금도 그럴지 잘 모르겠지만 말이다. 내 기억 속 우리 동네는 그랬다.

사실 나의 포항에 대한 첫 이미지는 별로 좋지 않았다. 내가 전학간 초등학교는 '포항영흥초등학교'였는데, 전통이 있는 제법 오래된 학교라고 들었다. 전교생 수는 별로 없었고 시설이 좋지는 않았지만 급식은 정말 맛있었다. 운동장도 넓었다.

보통 전학 첫 날은 화창한 날씨에 기분 좋게 새로운 친구들을 만나러 가는 것에 대한 설렘을 가지고 기분 좋게 가야하는데, 하필 그 날은 비가 왔었다. 그것도 매우 많이…… 그래서 아직까지도 기억이 나는데 교문으로 들어가니까 크고 깊은 웅덩이가 나와 엄마를 반겨줬었다. 딱 봐도 밟으면 신경 써서 신은 새 신발이 몽땅 다 젖는 그 정도 크기의 크고 깊은 웅덩이였는데 어떻게 전학 첫 날에 신발과 양말이 다 젖은 채로 갈 수 있겠는가…… 그래서 엄마가 날 업고 우산을 들고 그 웅덩이를 건너 학교에 들어갔던 기억이 난다. 그렇게 우여곡절 끝에 학교에 들어가 소심한 개미만한 목소리로 새로운 친구들에게 인사를 했다. 참 힘들었었지. 그렇게 난 당황스러운 첫 등교를 하고 그 학교를 다녔다.

　그래도 그나마 학교를 잘 다니면서 새로운 친구들과 추억을 쌓고 즐겁게 생활하던 4학년쯤이었다. 유독 친하게 지내고 붙어 다니던 두 친구가 있었는데 나까지 합치면 3명이 아닌가……. 많은 사람들이 친구를 사귀더라도 3명으로는 같이 다니지 말라고 말하는 것에는 다 이유가 있다. 난 그때 그걸 몰랐었다. 그러다가 결국 한 친구가 '자기가 소외되는 것 같아'라고 마음 이야기를 하는 것을 시작으로 우리 셋은 사이가 좋아졌다가 나빠졌다가 반복을 계속 하게 된다. 그때 정말 너무 힘들었다. 어떤 때는 내가 중간에서 껴 있다가 어느 순간엔 내가 소외되다가 무슨 쇼를 하는 것도 아니고 진짜 그렇게 마음을 졸이며 지냈었다. 친구와 함께 있어도 재미있다기보다 눈치보게 되고 소심해졌다. 난 평소에 정말 화를 잘 안 내는 성격이다. 그냥 진짜 화내는 방법을 까먹을 정도로 그렇게 온순하게 살았었다. 그땐 그냥 착한 바보. 거절도 못하고 그렇게 살았다. 그런 내가 저때 한번 화를 냈었다. 크게 낸 건 아니고…… 그냥 조금 소리 지르는 정도로…… 왜 그러냐고. 우리 다시 친하게 지낼 수 없냐고. 난 모두와 잘 지내고 싶다고. 사실 그렇게 해도 효과는 없었다. 그 일은 인생의 쓴맛이란 쓴맛은 다 느껴본 사람처럼 나를 기운 빠지게 했고 힘들게 했다. 고작 초등학교 4학년인 나에게 말이다.
　당시 나에게는 그게 정말 심각했고 힘들었다. 그런데 이제 와서 생각해보니 좀 많이 웃긴 거 같기도 하다. 그땐 어려서 어떻게 해야 할지 몰랐으니까 미숙하게 판단하고 대처했었던 거 같다. 살짝 흑역사 같네. 그러나 지금 보면 그냥 추억이다. 그래서 해서 인간관계에 대한 삶의 지혜가 생겼던 것 같다. 그렇게 힘들었던 일도 자라면서 자연스럽게 화해하고 다시 싸우고 다시 아무 일 없단 듯이 그렇게 천천히 흘러갔다. 이때 내 인생의 두 번째 전환점이 찾아온다.

◆ 두 번째 전환점

두 번째 전환점 또한 사실 첫 번째 전환점과 비슷하다. 그렇지만 좀 더 크다고 해야 할까? 이 전환점은 조금 더 받아들이기 힘든 경험이었다. 다시 열심히 놀며 포항 바닷가의 시원함을 만끽하고 있을 때, 대구로 이사를 오게 되었다. 진짜 교육의 도시 대구로. 교육 수도라고 커다랗게 쓰여 있는 대구로. 사실 이 전학은 진짜 오기 싫었다. 갑자기 대구로 이사를 간다니 청천벽력 같은 소리였다. 아니, 겨우 겨우 적응하고 정착했는데 갑자기 또 이사를 간다니 참 당황스러웠다. 그렇지만 부모님은 벌써 결정을 해두신 상태였고 영덕에서 포항으로 온 지 3년 만에 다시 대구로 오게 된다. 올 때 같은 반 친한 친구가 있었는데 내가 인사를 하고 가려고 하니 내 손을 잡고 "제발 안 가면 안 돼?"라며 울면서 내게 말했다. 친구 울음에 나도 눈물이 핑 돌았다. 나도 친구랑 오래 같이 있고 싶었다. 작은 학교라서 졸업하고 나서 중학교도 같이 갈 것 같았고 이제 정이 들었는데 말이다. 하지만 나만 안 갈 수도 없지 않는가. 이미 엄마는 대구로 먼저 가서 집을 청소하고 정리하고 있었고 나만 가면 되는 거였다. 그래서 나는 그 친구에게 "나중에 진짜 놀러올게. 그때 다시 만나자."라는 말을 끝으로 겨우 손을 떼고 떠났다. 사실 마지막까지 발걸음이 떨어지지 않았지만 '다시 오면 그때 정말 재밌게 놀아야겠다'라고 생각하고 갔는데, 다시 포항에 갔을 때 너무나도 아쉽게 그 친구를 만나지 못했다. 이미 시간이 지나서 친구들과의 소식이 대부분 끊겼었고 그 친구와는 연락이 이어지지 못했다. 혼자서 버스를 타고 그렇게 대구로 오게 되었다. 난 대도시는 솔직히 가본 적이 없었다. 그때는 서울은 당연히 물론이었고 대구도 안 와봤었다. 그런 내가 우리나라 3대 도시 대구로 오다니. 그것도 여기서 산다니…… 어안이 벙벙했다. 난 정말 시골 촌뜨기인 것 같다. 아무튼 그렇게 대구로 와서 생활하게 된다. '대구매동초등학교'로 전학을 오게 되었고, 이번에는 첫 날에 다행히도 비가 오지 않았다. 그런데 체육시간이었는데 갑자기 탈춤을 연습하고 있어서 졸지에 전학 첫 날부터 난생 처음 해 보는 탈

춤을 추게 되었다. 썩 기분이 좋진 않았다. 나만 제대로 따라하지 못 했으니까. 그렇게 난 새로 온 탈춤 못 추는 전학생으로 그 학교에서 소문이 났다. 다행히 그 반 친구들은 좋았다.

우리 반은 규칙이 하나 있었는데 바로 '다나까'를 써야 했다. 예를 들면 '땡땡님 이거 어떻게 하는 겁니까?' 이런 식으로 써야 했는데 뭔 가 군대나 회사 같으면서도 신박하고 좋은 경험인 거 같아서 불만은 별로 없었다. 5학년 시절 중 가장 기억나는 것은 이 규칙이다. 지금도 가끔 그 화법이 그립다. 그렇게 5학년이 끝나고 6학년으로 올라갔다.

음…… 6학년 때는 사실 그냥 그럭저럭이었다. 크게 힘들지도 정말 재미있지도 않았지만 그나마 수월한 학교생활을 한 것 같다. 물론 한 창 예민해지기 시작할 나이라서 친구들 사이 약간의 불협화음은 있 었지만 그만큼 좋은 일도 있었다. 운동회도 하고 야영도 가고 재미있 었다. 처음으로 반티를 맞춘 것도 기억에 많이 남는다. 반별로 색깔 을 정해서 맞췄었는데 나는 1반이어서 보라색이었다. 그 외에도 민 트색, 주황색, 연두색, 파란색이 있었다. 처음 맞춰보는 반티여서 두 근두근 설렘이 많았었다. 지금은 작아져서 입지는 않지만…… 차마 버리지는 못하겠다. 그렇게 6학년 생활을 끝으로 졸업을 하고 방학을 보내게 되는데 그게 그렇게 길고 긴 방학이 될 줄은 꿈에도 몰랐다.

내가 중학교 1학년 입학할 때. 그러니까 2020년 3월은 코로나19 가 급속도로 확산되고 사회가 정말 혼란스러운 시기였다. 특히 대구 는 더 심각했었다는 사실.

그때 우리는 중학교 입학을 했는데 입학식도 못하고 3월 달에 해야 하는 현장 개학을 6월 달이 되어서야 본격적으로 했다. 정말 너무 당황스럽고 힘들었었다. 세상에 온라인으로 선생님과 친구들을 봐야 한다니. 중학교 1학년 생활 대부분이 온라인 수업이었던 것 같다. 그래서 친구들도 늦게 사귀고 현장체험학습은 꿈도 못 꿨다. 그나마 진로체험으로 강사 선생님들이 학교에 오셔서 체험하게 해주시는 것. 그것밖에 할 수가 없었다. 정말 편하게 1년을 보냈다고도 하는데 사실 별로 그렇지 않았다. 학교에 나와서 친구들과 수다도 떨고 같이 급식도 먹고 수업시간에 모둠 활동도 하고 이런 게 더 좋았다. 아주 자연스러운 그런 학교생활이 하고 싶었다. 모든 것에서 제약이 많았던 이 시기.

그렇게 나의 3번째 전환점이 시작된다.

◆ 세 번째 전환점

세 번째 전환점은 무언가를 많이 배운 전환점이라고 스스로 평가한다. 코로나19로 정신없이 얼렁뚱땅 중학교 1학년을 보내고 겨우 서서히 마음이 안정될 쯤 어느새 2학년이 되었다. 이제 본격적으로 시험을 쳐야 할 학년이 된 것이다. '아…… 진짜 나 작년에 공부한 거 너무 없는데' 하는 마음이 커서인지 그런지 1학년에서 2학년 올라오는 겨울-그때에 슬럼프가 왔었다. 어떻게 생각해보면 누구나 다 같은 환경이었기 때문에 별거 아닌 이유라고 할 수도 있었다. 그런데 내 생각에 친구들은 이때를 활용해서 더 열심히 공부하고 계획적으로 성장하고 있는데 나만 제자리인 거 같아서…… 그런 이유 때문에 마음이 죽다 살아났다. 그때 가장 많이 말랐다는 소리를 들어본 것 같다.

그래도 다행히 그 슬럼프가 오래가지는 않았고 긍정적인 생각을 하자고 계속 스스로 다짐하고 친구들의 도움을 받아 열심히 생활했었다. 그래서 지금은 편안하고 좋다. 그렇게 힘든 일을 극복하고 한 층 성장한 중학교 2학년이 되었다. 좋은 친구들을 사귀고 즐거운 추억을 많이 쌓고 있다. 맛있는 것도 먹고, 비눗방울 놀이도 하고, 때로는 무서운 영화도 보고 이렇게 글도 쓰고 정말 행복하다.

요즘은 이렇게 쉽게 웃어도 될까 싶을 정도로 많이 웃는 나날이다. 물론 첫 시험은 망쳤다. 근데 왠지 모르게 별로 슬프지 않았다. 그냥 '더 열심히 공부 해야겠다'라는 마음만 들었던 거 같다. 근데 기말고사도 사실 조금 망쳤다. 조금이 아니라 많이 인가…… 괜찮다. 더 열심히 공부해야겠다. 마음이 좀 더 단단해진 것 같다. (근데 지금도 시험기간에 이렇게 글을 쓰고 있다니 참 특별한 경험인 거 같다. 그래도 마음이 불편하진 않다.)

사실 옛날엔 정말 열심히 살려고 노력했기 때문에 몸이 늘 긴장하고 있다고 해야 하나. 그랬는데 요즘은 되게 갑자기 편하게 살게 된 것 같다. 변화는 갑자기 찾아온다는 말이 정말인 것처럼. 갑자기 이렇게 변했다. 일이 잘 안 풀리면 스트레스도 많이 받고 자존감도 많이 낮아지고 그랬는데 요즘은 '그냥 에라 모르겠다. 괜찮다. 잘 될 꺼다' 이런 식이다. 그렇다고 무책임하진 않다. 나도 잘 모르겠다. 왜 이렇게 갑자기 변했는지 나도 의문이다 정말.

　그런데 확실한 건, 이렇게 사니까 정말 편하다는 것이다. 예전엔 변화를 두려워했다면 지금은 변화가 있다면 기대도 한다. 그리고 도전하고 싶다. 앞으로도 이렇게 쭉 살 수 있었으면 좋겠다. 나도 모르는 나의 장점들을 친구들을 통해 알았으며 내 자신을 돌아보게 되었다. 앞으로도 전환점들은 생길 것이다. 어쩌면 더 크게 생길지도 모르겠다. 하지만 두려워하지 않고 먼저 발걸음을 내딛는 내가 되었으면 좋겠다. 이 글쓰기도 아마 몇 년 후 생각해보면 나의 큰 전환점이 되어 있지 않을까

으악. 이제 다 썼다.

그렇게 긴 글이 아닌데도 나름대로 처음 쓰는 긴 글이라 힘들었다. 잘 썼는지도 모르겠고 얼렁뚱땅 쓴 것 같기도 하다. 그래도 잘 마쳐서 다행이라고 생각한다.

거창한 명언이나 화려한 말들을 써내려가진 못해도

그 문장 문장마다,

내가 손으로 써내려가는 말들마다,

내가 하는 말들과 마음 속 생각마다,

내게_ 나 스스로 위로가 되었다. 아무리 화려하고 멋진 말보다도 좋은 경험이었다. 앞으로 나는 편안함만을 추구하지 말고 변화를 두려워하지 않으며 즐겁게 도전하며 살고 싶다. 화려하고 거창한 말과 포장에 속지 않으며 스스로의 소소한 행복을 생각하며 말이다. 이 글을 읽는 여러분 또한 자신에게는 아직 인생의 전환점이 없다고, 혹은 별거 아니라고 속상해하지 말기를 바란다. 아직은 짧은 인생을 산 내가 나의 별거 없는 인생의 작은 전환점들을 전하는 용기를 냈으니까 말이다. 기회가 된다면 앞으로 겪을 많은 전환점을 소개할 수 있는 시간이 또 다가왔으면 좋겠다. 그 동안도 즐겁고 행복하게 살아야지!

마지막으로 부족한 저의 글을 읽어주셔서 감사합니다.

늘 행복하세요.

택배를
사랑하니까

Enjoy Writing Books

문정현 (2학년)

중딩,
지금의 나를 소개합니다

◆ 작가명 : 문정현

◆ 나이 : 15세

◆ 나의 오랜 시절 꿈은? : 필요한 곳에 잘 쓰는 부자

◆ 좌우명 : 생각을 바꾸면 불가능도 가능하게 된다.

◆ 나의 취미 : 그때그때 끌리는 거

◆ 내가 요즘 즐겨 듣는 노래 : 전소미 'DUMB DUMB'

◆ 내가 좋아하는 가수 : 악동뮤지션- 이수현

◆ 내가 좋아하는 음식 : 단거, 새콤한거, 짭쪼롬한거 (쓴 거 빼고 거의 다)

◆ 나와 너를 반짝이게 하는 한 마디 : 인상적이고 사람들이 공감할 수 있는
글을 쓰고 싶은 나. 아자아자 화이팅!

◆ 시작하다

2020년, 초등학교 졸업식을 한창 할 시기, 코로나19가 처음 발생했다. 지금까지 이어질 줄은 상상도 못했던 그때. 생각보다도 더욱 어마무시한 파장을 몰고 온 이 희대의 바이러스와 함께 졸업을 했고 중학교 2학년이 된 지금까지 정상적인 중학교 생활은 사실상 한 번도 해보지 못했습니다. 그런 상황에서 이 책쓰기 동아리는 학교생활 중 가장 흥미로운 활동이었습니다. 옛날부터 책 읽는 것을 좋아했고 문예영재원에 다니며 글에 대한 공부도 하고 있었기에 괜찮은 활동이라고 생각해서 스스로 이 동아리에 가입하는 것을 적극 희망했습니다.

사실 위의 이유에 더해서 처음에는 재미도 없는데 귀찮기까지 한 저와 맞지 않은 다른 활동들이 싫어서 가입하고 싶어 했던 마음도 있었습니다. 악명 높은 시험들, 해도 해도 끝나지 않는 무한 굴레의 수

행평가 속에서 유일한 숨구멍인 동아리 활동마저 스트레스를 받으며 하다가는 정말 질식사라도 할 것 같아서였습니다.

지금 이렇게 한 편의 결과물이 나온 것을 보니 그 선택은 생각보다 훨씬 더 잘한 일이었구나 라는 것을 느끼게 되었습니다. 도서관에서 작가님의 강의를 듣고, 좋아하는 독서를 하고 친구와 옆자리에 앉아 떠들며 책 속 좋은 구절을 찾아 캘리그래피도 하고 도자기 체험을 한 경험들이 재미있었습니다. 무엇보다 자유롭고 편안한 도서관 속에 있다는 게 가장 좋았습니다. 곧 끝난다는 아쉬움이 있지만 스스로의 선택에 후회를 하지 않았기에 너무나 만족스러웠다고 할 수 있습니다.

중학생이라는 주제가 어떻게 보면 중학생에게는 더 뻔하고 시시하다고 말할 수 있습니다. 흔하기도 해서 내용을 신선하게 만든다는 것도 무리일지도 모른다고 생각했습니다. 그렇기에 아직은 어리숙하고 완성되지 않은 꾸밈없이 솔직한 우리들의 이야기를 담아보는 게 가장 좋은 시도라고 할 수 있을 것 같아 '한이랑'이라는 평범한 인물을 중심으로 저의 내면을 담아보게 되었습니다.

이 글은 공식적으로 처음 써본 이야기이기에 더욱 정성을 담아 열심히 최선을 다해 썼습니다. 그래도 이야기가 좀 짧고 부족해 보일 수도 있지만 너그럽게 이해해 주셨으면 좋겠습니다.

마지막으로 제 중학교 생활에 기억에 남을 만한 추억을 만들어준 동아리 활동과 이 이야기를 책에 실을 수 있도록 도움 주신 책쓰기반 사서선생님을 포함한 모든 분들께 감사의 말씀을 드립니다.

◆ 1. 모든 게 처음이라

"딩동~~"

'헉! 이건 100프로 내 택배다!'

'꺄! 이번 신상 인형이 벌써 도착하다니, 짜릿해 역시 당일 배송이 최고라니까!'

* 요청사항 : 문 앞에 놓고 벨 눌러주세요.

    이렇게 작은 택배에도 헬륨을 주입한 듯 가벼워지는 발걸음을 소유하고 있는 나는 택배를 사랑하는 소녀, 한이랑이다. 올해 어른들이 흔히 말하는 질풍노도의 대한민국 중2가 된다. 택배 시키는 것 말고 취미라고는 웹툰을 보며 침대에서 뒹굴 거리는 것이 전부이다.

    삶의 적정선에 맞추어 사는 몹시도 현명한 학생으로 굳이 공부를 잘해야겠다는 욕심이나 열정을 가져 삶에 피곤함을 만들지 않는다. 그저 학교, 즉 사회가 요구하는 최소한의 기준선만 맞추어 살 뿐이다.

    '아~ 심심한데 웹툰이나 봐야지'

    요즘 자주 보이는 판타지 웹툰들은 거의 모든 작품들이 다 여자 주인공이 소설 속 인물로 빙의하여 잘생긴 남자주인공과 행복한 생활을 보내고 있는 내용이다. 하도 비슷한 작품이 많고 그것들을 다 챙겨보다 보니(어쩌다 보니 그렇게 됐다)어떤 이야기인지 구별이 안 된다. 분명 따로 읽었는데 내용이 뒤죽박죽 다 섞여 버렸다. 어쨌든 내 현실은 방구석에서 그런 이야기들이나 보면서 혼자 헤죽거리는 중2다.

'내일 개학인데…….'

'제발! 저도 한번만 소설 속 주인공으로 빙의시켜 주시면 안 될까요? 네? 전 비록 무교지만 이렇게 간절히 하느님 부처님 예수님 알라신님께 빕니다.'

'어? 여기가 어디지? 나 설마 진짜 로맨스 소설 속으로 들어온 거야?'

'이렇게 뻔한 클리셰가 나한테 적용된 게 맞다고?'

'꺄!'

'너무 좋아! 행복해!'

'근데 누구로 빙의된 거지? 백작? 여왕? 아님 설마 엑스트라는 아니겠지?'

"이랑아!"

"이랑아!"

아니, 쟤가 왜 여기에 있어?

"어?"

"야! 정말 반갑다!"

아……. 역시 그럴 리가 없지 빙의는 무슨

웹툰 속 주인공으로의 빙의 대신

시간을 빠르게 당겨주셨다.

'내가 이래서 무교라니까'

그냥 현실이 너무 얄미워서 잠깐 딴 생각을 하다 보니 벌써 정문을 지나 2학년 교실까지 도착한 것이다. 잠깐, 그런데 손초령은 분명 6반 명단에 없었는데, 어떻게 된 거야!

'명단 작성 중에 실수로 빠졌나보네. 으악, 안 돼!'

"너도 이 반이구나. 진짜 잘됐다! 그지?"

"으응."

"올해도 같은 반이 될 줄이야!"

'어떻게 10분의 1의 확률을 뚫고 같은 반이 된 거지? 너랑 붙은 게 썩 반갑지 않아, 그렇게 웃지 말아줄래?'

그래도 나는 프로니까 주특기인 포커페이스를 장착하고 최대한 텐션을 끌어올려서,

"안녕? 어쩜 이런 우연이 다 있지? 너무 반가워!"라고 약간의 미소와 거짓말을 해본다.

물론 싫은 건 아니니까 완전 거짓말은 아니다. 단지 저 친구는 나와는 다른 삶의 텐션을 가지고 남들의 삶까지 조금 피곤하게 만들고 있는 것일 뿐이다. 이것도 절대로 양심에 찔려서 구구절절 핑계 대는 게 아니다.

단지 첫날부터 같은 반 아이들에게 적당히 맞장구를 쳐주지 않으면 올 한해가 힘들어질 것을 예상해서 그런 것뿐이다.

역시 가장 피하고 싶은 사람을 다음 반 배정에서 만나게 된다는 것은 불변의 진리 아니 끔찍한 저주인가…….

'아악! 이럴 줄 알았으면 어제 행운의 문자 무시하지 말걸.'

'하여튼 다들 도움이 안 돼요. 도움이'

손초령, 모든 아이들이 부러워하는 뛰어난 두뇌를 가지고 있으며 무조건 올A를 받아야 적성이 풀리는 무시무시하고 피곤한 승부욕이 있는 동시에 나오는 성격이 정 반대인 아이다.

작년에 친절한 그녀의 도움으로 등 떠밀리듯 부반장을 해야 했었지. 내 아까운 시간을 그 지루하고 결론도 없는 임원회의에 불려 다니면서 이리저리 잔심부름하는 데 써버렸단 말이야.

'올해는 절대로 당하지 않겠어!'

"아아악! 짜증나!"

그 결심을 한 지 10분쯤 지난 시점이었다.

"그래도 나랑 같이하니까 재미있을 것 같지 않아?"

'아니 전혀.'

내가 다니는 중학교는 1년에 한번 새롭게 동아리를 정해 활동한다. 원예부, 도서부, 과학탐구부, 미술부까지 다양한 종류의 동아리들이 있다. 많은 동아리 중에 올해는 무려 그 이름도 대단한 수학동아리가 된 것이다.

'우어어 전생에 무슨 죄를 그렇게 지었기에 내가 가장 싫어하는 과목인 수학동아리에 들어오게 된 거지?'

사건의 전말은 이랬다. 잠깐 화장실에 간 사이, 이번에도 반장을 하게 된 손초령이 나 없이 동아리를 마음대로 짜버린 거다. 심지어 필수 동아리도 아닌 자율동아리를!

'말도 안 돼. 진짜 그럴 리 없어.'

'완전 제멋대로잖아!'

'또 당하고 말았어.'

동아리는 조를 짜서 1년간 프로젝트를 함께 한다고 했다. 이것도 컴퓨터 조짜기 프로그램으로 돌리는 바람에 손초령과 잘 모르는 남자애 2명이 함께 하게 되었다.

'쳇, 진짜 짜증나는 애야. 하지만 이미 정해진 운명이니 너무 싫은 티는 내지 말아야겠지. 티내서 달라질 건 없으니.'

'너무 어색한데, 일단 인사나 해야겠다.'

"안녕. 나는 한이랑이야. 너 이름 남궁재호 맞지?"

'아 왜 사람 인사를 무시하고…… 어?'

'헐, 쟤 웃는 거 되게 귀여워'

'수학동아리 들어오길 잘한 듯. 손초령 너 꽤 괜찮네 뭐. 이거 하나 고맙다.'

"나는 윤승호라고 해."

또 다른 애 이름은 윤승호였나 보네.

'애네들도 강제로 들어온 건가?'

"애들아, 앞으로 일 년 동안 잘 부탁해!"

어쨌든 이렇게 얼렁뚱땅 2학년. 그리고 동아리가 시작되었다.

◆ Ⅱ. 날씨보다 더 변덕이 심해서

매주 금요일, 우리는 자율적으로 모여 동아리 프로젝트를 준비하고 있다. 물론 시험기간에는 프로젝트 준비를 하지 못했다. 정확히 말하면 프로젝트 때문에 모이지는 못하고, 대신 여러 번 만나면서 어느 정도 친해진 우리는 같이 시험공부를 한다는 명목으로 다 같이 모여 종종 시시콜콜한 이야기들을 하며 놀곤 했다.

"으, 머리야. 뭐 했다고 벌써 시험기간이냐."

"그러니까, 아 벌써 웹툰과 내 택배가 그리운 걸. 내 아가들 잘 지내야 돼!"

역시 놀 때 시간이 가장 빨리 지나간다. 순식간에 중간고사가 자기 존재감을 마음껏 발산하기 시작한다.

"내 최대의 적은 시험이고 내 최고의 친구도 시험이다."

"야, 나 방금 좀 시적이지 않았어?""응. 전혀 아니었어. 푸하핫!"

"시험이 니 친구였냐? 몰랐네. 그럼 조금만 쉬운 사람이 되라고 전해줘. 너무 어렵게 굴면 곤란하다고 말이야."

"근데 시험이 왜 너 친구야?"

"응? 아, 떼려야 뗄 수 없고 미워해도 금방 괜찮아져서?"

"오올! 이제 드디어 공부기계 초령봇도 맛이 간 건가?"

"뭐래. 네가 그런 말을 할 입장은 아니지 않냐. 크크큭"

시험기간에는 공부 빼고 다 재미있다는 건 사실인가보다. 이런 실없는 말에도 이렇게 행복하게 웃고 있는 우리들 모습을 보니. 만사 귀찮았던 이 동아리가 꽤 재미있을 줄이야.

'물론 수학이 갑자기 재미있는 건 아니지만.'

프로젝트 준비도 착착 진행되고 있고, 함께 공부하는 내용도 그리 어렵지 않다. 무엇보다 친구들이 조금은 아주 조금은 편안해졌다는 것에 마음이 편안하다. 특히 남궁재호와 함께 있을 때 가장 시간이 빨리 지나간다.

얘의 웃음 끝에는 함께 웃고 있는 내 모습을 발견하게 된다. 아주 매력적인 웃음이다.

시험이 끝나면 친구들에게 같이 놀러나 가자고 해야지.

'아 기대된다.'

◆ Ⅲ. 끝나려면 아직 멀었지만

"와! 이제 학기가 겨우 반 지났다!"

"와! 곧 기말. 놀러가지도 못하고! 좋아서 눈물이 다 난다."

결국, 시험이 끝나자마자 기다렸다는 듯이 들이닥치는 수행평가를 다 치르느라 우리는 더욱 바빠졌고 시험이 끝나고 2주가 지난 시점인 지금, 아직도 학교 밖에서 한 번을 함께 놀 수 없었다.

"말에 영혼이 없네."

"우리 계속 바쁘잖아. 쌤들도 너무하다고."

"맞아. 프로젝트가 순탄히 진행되고 있다는 게 신기할 지경이야. 비록 아직 미완성이기는 하지만."

"우리 꽤 죽이 착착 맞아서 그런 듯."

"난 아닌 듯."

"와, 한이랑 저 매정한 것 보소."

"에이, 푸흣. 그런 것 치고 한이랑 너 우리랑 있는 거 되게 재미있어 하더라?"

"뭐래! 나는 그냥 수학 동아리 때문에 같이 있는 것 뿐이거든?"

"그렇겠지.""그래, 우리 좀 믿어주자."

"진짜로!""알았어, 믿어 줄게~"

웹툰 속 주인공처럼 몸이 바뀌는 일은 역시나 일어나지 않았다. 그런데 오히려 그 반대로 나는 그대로인데 배경이, 비중이 매우 작아 있는 줄도 몰랐던 엑스트라들이 크나 큰 존재감을 발산하는 중인 것 같다.

'흠, 이 이야기의 흐름도 나름 나쁘지 않은 걸?'

'꼭 완벽할 필요는 없지. 다 재미있자고 쓰인 이야기인데.'

"빨리 밑그림이나 마저 그려. 미술 수행 망치고 싶어?"

"내 뛰어난 미적 감각이 있는데 무슨 걱정이야."

"어휴, 됐다."

'감기가 옮은 것도 아니고 열정이 옮는다는 말이 사실일 줄이야.'

한때 장래희망이 매일 노는 게 제일 좋은 뽀로로였던 내가 지금은 세상 누구 보다 열심히 바쁘게 사는 것에 만족하고 있다. 지금도 여러 가지 일들로 매우 바쁘다. 참, 수학동아리 프로젝트가 너무 잘 진행되고 있어 중간 점검 우수작으로 선정되었다. 그 덕에 완성작은 학교를 대표하여 시 대회에 공모하기로 했다. 아직 시간도 넉넉하고 훌륭한 작품을 위해 우리는 함께 조금 더 고민해보기로 했다.

'뭐, 언젠가는 완성되겠지.'

지금 내게는 언제 도착할지 모르는 택배, 결말이 기대되는 웹툰처럼, 흔하디 흔할 뿐이었던 일상도 알 수 없는 미래가 짜릿함과 새로움을 선사해주고 있는 중이다.

세상에서 하나뿐인, 그런 멋진 선물을 매번 받아보고 실망하지 않으려면 진심으로 행복하기 위해 열심히 노력하고 예쁜 마음을 키우는 게 무엇보다 중요하겠지. 그래도 현재로써는 너무 애쓸 필요는 없이 그저 그 선물을 받아들이기만 하면 될 뿐이라고 생각한다.

"한이랑!"

"아, 깜짝이야!"

"프로젝트 작업 중에 또 딴 생각 했지?"

"벌금 1,000원!"

"아, 한번만 봐주라, 응?"

"아니, 절대 안 됨! 너 벌써 벌금 누적 3,000원인데."

"우리 그만하고, 아이스크림이나 먹으러 가자."

"나가자! 나가자!"

"아직 해야 할 일이 한참 남았다고 그렇게 타박을 주더니만 어디를 자꾸 간대. 잠깐만, 야 진짜 놔두고 가냐. 같이 가!"

"드르륵, 탁!"

빈 교실에 문이 닫히는 소리가 경쾌하게 울렸다.

너희들과 교실을 나서는 이 발걸음이 너무나 가볍다.

◆ IV. 에필로그

"딩동"

'헐! 신상 가방이 벌써 도착한 건가?'

"꺄아! 맞네 맞어."

"던지지 말아주세요! 감사합니다~ 지금 나가요!"

아참, 그래도 택배 시키기가 나의 가장 큰 취미라는 사실은 변함이 없다.

택배가 도착하는 건 언제든 즐거운 일이다.

무거운 걱정들을 잠시 잊게 된다.

그리고 두근거린다.

과연 내가 생각했던 것과 같을까?

같으면 같아서 좋고, 한편으로 달라도 신선해서 좋다.

앞으로는 또 어떤 택배가 배달 올까?

그리고 택배처럼 무슨 일들이 또 새롭게 나의 삶에 다가올까?

우리의 삶은 늘 택배 같은 것.

늘 두근거리며 맞이하고 싶다.

글을 마치며

글을 쓴다는 것은 참 어렵지만 행복하기도 하네요. 앞으로도 글쓰기(Writing)를 통해 빛나게(Lighting) 성장하는 기회가 자주 있었으면 합니다. 저의 글을 읽어주셔서 감사합니다.

안 괜찮아도
괜찮아

Enjoy Writing Books

김나윤 (3학년)

중딩,
지금의 나를 소개합니다

◆ 작가명 : 김나윤

◆ 나이 : 16세

◆ 나의 오랜 시절 꿈은? : 착한 건물주

◆ 좌우명 : "Believe in yourself" (자기 자신을 믿어라.)

◆ 나의 취미 : 음악 듣기

◆ 내가 요즘 즐겨 듣는 노래 : Melomance −고백−

◆ 내가 좋아하는 가수 : 아이유!

◆ 내가 좋아하는 음식 : 불고기

◆ 나와 너를 반짝이게 하는 한 마디 : 잘했고, 잘하고 있고, 잘할 거야

◆ 시작하며

초등학교를 졸업하고 중학교에 입학하면서 저는 중학생이라는 말보다 '중딩'이라는 표현이 더 익숙해져 갑니다. 그래서 사전을 찾아보았습니다. 중딩의 사전적인 의미는 '중학생'을 속되게 이르는 말로 고딩, 대딩, 직딩, 초딩으로 표현할 수 있다고 합니다. 처음 선생님께 주제를 받았을 때 난감했습니다. '중딩들은 로딩중 / 중딩들은 라이팅중?' 라이팅이란 건 쓴다는 것이고 로딩중? 이게 무슨 뜻일까? 로딩(loading)의 의미는 필요한 프로그램이나 데이터를 보조 기억장치나 입력 장치로부터 주기억 장치로 옮기는 일이라고 합니다. 아마 우리의 생각을 글로 옮긴다는 것을 기본으로 한다면 저 두 가지가 비슷한 의미를 가지고 있는 것 같습니다. 책을 함께 만든다는 것. 무언가 대단한 일을 한다는 생각이 들지만 쉽게 생각해볼까 합니다.

저는 이렇게 긴 글은 처음 써봅니다. 수필로 해야 할지… 소설로 해야 할지… 고민을 많이 해보았습니다. 그 어떤 것도 자신이 없었습니다. 그냥 제가 평소에 생각했던 이야기를 소설로 써보기로 했습니다.

저는 평범한 중학생입니다. 제가 어떤 모습으로 성장해 갈지 모르나 설렘과 기대감을 가지고 매일 나를 채워가고 있는 중입니다. 제가 쓴 글을 누군가가 읽는 게 부끄럽게 느껴지지만 공감하며 편안하게 읽어주시길 바랍니다. 어떤 날들이 우리를 기다리고 있을지 모릅니다. 지금보다 더 힘든 날도 있을 것이고, 기쁜 날도 있을 것이지만, 여태까지 해왔던 것처럼 하면 된다고 저와 여러분에게 용기와 격려를 보내고 싶습니다.

◆ 프롤로그

― 한여름…… 밤하늘에 별빛이 쏟아지면 별 어딘가에는 어린 왕자가 노란 머플러를 펄럭이며 미소 짓고 있을 것만 같다. ―

《 행복 초등학교 도서관 》

"찾았다! 『어린 왕자』"

"멋지다!"

"몇 반이야?"

수영이는 고개를 들었다. 찹쌀떡처럼 둥글고 하얀 얼굴을 한 아이가 눈을 동그랗게 뜨고 묻고 있었다.

"나?"

"응~ 너!"

"나는 5반 김수영. 전학 온 지 얼마 안 됐어."

"아~ 그렇구나. 만나서 반가워. 난 4반 진가영. 내 옆에 있는 애는 미영이. 이미영! 나랑 같은 반이야."

"큭큭큭, 우리 이름이 비슷하네. 신기하다."

우리들은 행복 초등학교 도서관에서 처음 만났고, 행복 중학교에 입학해서 지금까지 둘도 없는 친구가 되었다.

쓰리영, 영 시스터즈, 영영영, … 이름이 영자로 끝나니까 우리들이 모이면 모두들 별명을 만들어 하나씩 부르다 보니 별명 부자가 되었다.

"야! 조용히 해~ 여기 도서관이라고!"

오지라퍼 경훈이가 우리들을 보고 눈을 흘기며 주의를 줬다.

◆ 1. 누구냐…… 넌?

"너는 그냥 소년이고, 나는 그냥 여우지. 그렇지만 네가 나를 길들인다면 나는 너에게 세상에서 하나뿐인 특별한 여우가 되는 거야……"

「어린 왕자」 중에서

《 행복 중학교 정문 앞 》

"수영아~"
"엉~ 미영~ 가영이는?"
"저기~"

가영이는 중학교 3학년이 되어서도 초등학교 때의 키를 그대로 유지 중이다. 키 155센티미터, 몸무게 55킬로그램, 통통한 몸은 나중에 키로 가기 때문에 몸무게는 의미 없다고 한다. 가영이는 꿈이 모델인데 수영이와 나는 매일 가영이의 숨은 키를 찾는 중이다. 어딘가에 꼭꼭 숨어 있을……

수영이는 초등학교 때 전학 왔다. 대구에서 지금 살고 있는 서울로 이사 왔다. 화가 나거나 당황스러운 일이 있을 때 대구 사투리가 튀어나오는 거 말고는 태어나서 쭉 서울에서만 살아온 서울 토박이 가영이보다 더 서울 사람처럼 생겼다.

키 168센티미터, 미인의 얼굴형은 달걀형이라고 했었는데 수영이를 보고 하는 얘기인 거 같다. 수영이의 장래 희망은 현모양처다. 아무도 모르는 우리들만의 비밀.

슬기로운 어머니이자 좋은 아내라니! 지금 세상이 어떤 세상인데….

수영이의 꿈은 유치원 때부터 현모양처라고 한다. 놀라울 따름이다. 유치원생이 현모양처를 알고 있다니. 수영이는 천재?

마지막은 나.

나는 이미영! 정말 흔한 이름에… 장래 희망 따위는 진작에 성적순이라는 걸 일찍 알아버린 자칭 '이미똑'.

이미 똑똑한 미영이라는 뜻이다. 나는 아직 되고 싶거나 하고 싶은 게 없다. 되고 싶은 것도 없고 하고 싶은 게 없어서 그냥 공부한 다는 대한민국 중딩.

이렇게 우리들은 중학교 다니는 2년 내내 뿔뿔이 흩어져 지내다가 3학년이 되면서 처음으로 같은 반이 되었다.

"가영아~ 빨리 뛰어와~ 지각하겠어."

수영이가 소리쳐 부르자 가영이는 손가락으로 오케이 표시를 하고 뛴다.

"더 뛰어!!!"

경훈이의 고함 소리에 가영이는 있는 힘껏 달려서 겨우 제시간에 정문을 통과한다.

"진가영! 너 내가 문자했을 때 출발했어야 했어. 오늘 완전 지각할 뻔!!"

수영이는 놀란 가슴을 쓸어내리며 이제야 가영이를 제대로 보는데

"야! 진가영! 너… 앞머리 잘랐구나?"

안 그래도 찹쌀떡처럼 동그란 얼굴이 더 동글동글해 보이는 건 나만의 착각일지도 모른다.

"오오~ 쓰리영~ 다 모였네."

우리 반 오지라퍼. 도경훈. 우리들은 도경훈을 또경훈이라고 부른다. 동에 번쩍! 서에 번쩍! 홍길동 후예도 아닌 녀석이 잘도 나타난다. 그래서 "또! 경훈이야. 또! 경훈이네." 어디에 있다가 나타난 건지 수상한 게 한두 가지가 아니다. 초등학교 때부터 우리들과 쭉 잘 알고 지내는 친구이긴 하나 언제나 무슨 생각으로 사는지 도무지 모

르겠다. 한 번씩 생각지도 못한 행동과 말을 할 때가 있다. 이해할 수도 무시할 수도 없는 독특한 녀석.

《 교실 》

"오늘도 있었어?"

"있긴. 뭐가 있어? 쉿! 조용히 해. 또경훈! 이러다 들키겠어."

가영이가 재빨리 경훈이의 입을 막는다.

사건의 내막은…

가영이의 서랍에는 매일 하루도 빠짐없이 쓰레기가 들어있다. 아무렇게나 뭉쳐서 구겨진 종이.

처음에는 장난인 줄 알고 넘어가려고 했으나 한 달 넘게 매일 가영이의 서랍에 들어있다. 담임 선생님께 사실을 전하려고 했으나 일이 커지는 걸 원하지 않는다는 가영이의 말에 수영이와 나는 비밀로 하자고 했다.

"거기~ 뭐해? 도경훈 자리에 돌아가 앉아."

선생님 오신다!

뭔가 더 이야기하려는 찰나 마침 선생님이 들어오시는 바람에 우리들의 이야기는 끊어졌다.

◆ 2. 누구였으면 좋겠니?

"저기 봐, 밀밭 보이지? 난 빵을 먹지 않으니 밀은 소용없어. 그런데 네가 나를 길들인다면 내가 밀밭을 지날 때마다 금빛 머리카락을 가진 너를 생각할게."

「어린 왕자」 중에서

《교실》

"아~ 이제 수업 끝났네. 아휴~ 오늘도 힘든 하루~."

수영이가 가늘고 긴 팔을 뻗으며 기지개를 켜며 나를 힐끗 본다.

"왜?"

"오늘 수학 학원 가기 전에 떡볶이 먹고 가면 안 될까나?"

수영이는 요즘 떡볶이에 완전 꽂혔다. 자기만의 떡볶이 비법 소스를 만든다며 난리다. 현모양처가 되기 위해서는 떡볶이 정도는 완벽하게 맛나게 만들 줄 알아야 한다나 뭐라나…….

"엉~ 오늘은 안 돼! 학원 시간이 당겨져서 빈 시간이 별로 없거든……. 대신에 잠깐 편의점 가서 아이스크림은 먹고 갈 수 있어."

"알았어~ 그럼 다음에는 꼭 떡볶이 먹으러 가기야. 새로 생긴 떡볶이집을 내가 쓰윽 봐놨지!"

"엉."

"무슨 얘기를 심각하게 하는 거야?"

가영이가 입을 삐죽거리며 묻는다.

"가자~ 아이스크림 먹으러~"

나는 얼른 대답하고는 교실을 나온다. 가영이는 성격이 서글서글하며 붙임성은 좋으나 나랑 수영이 둘이서 얘기하는 걸 조금 질투한다고 해야 하나 가끔 조금 그렇다. 별일 아닌 것에 시달리고 싶지 않은 나의 마음을 가영이가 알아줬으면 좋겠는데…….

《편의점 앞》

"고거 참. 맛좋구려."

"수영아~ 넌 한 번씩 아재 같은 건 나만 느끼는 거니?"

가영이가 웃으면서 말한다.

"맞아~ 수영이 그래. 자주는 아니고 진짜 한 번씩. 크크크."

"아이다~ 야들아~ 내 아니거든."

수영이 사투리가 나왔다. 지금 당황했다는 얘기.

"야! 또경훈! 내 아이스크림 먹지 말랬지. 네 돈 주고 사먹어~ 내거 뺏어 먹지 말고!"

"야! 진가영! 너 다이어트 중이잖아. 내가 너 살찔까 봐 한 입씩 특별히 먹어 주는 거야. 이런 좋은 친구가 어디 있냐?"

"우씨~ 무슨 소리야? 내가 왜 다이어트 해야 되는데? 이 살들 나중에 다 키로 갈 거니까. 걱정일랑 마셔~"

가영이는 붉은색으로 물들인 찹쌀떡 얼굴을 하고 도경훈에게 소리지른다.

"자자~ 그만하자~ 수학 학원 시간 다 됐어. 이제 일어나 볼까?"

수영이는 정말 아기 다루듯이 다정한 목소리로 가영이와 경훈이에게 유치원 선생님처럼 말했다.

그러자 둘은 금세 조용해진다. 수영이는 결혼하면 애들도 잘 키울 거 같다.

"근데… 미영아! 나 예전부터 궁금했는데… 왜 우리는 수학을 학원에 다니면서까지 배워야 하는 걸까? 하고 싶은 사람만 수학하면 안 돼? 왜 수학 성적이 내 인생의 성적이 돼버리는 건지… 모르겠어. 나 수학 진짜 진짜 싫은데……."

가영이가 한숨 섞인 목소리로 말했다.

"나도 모르겠어. 근데, 진가영! 너 수학만 싫은 거 맞아? 국어도 싫고, 영어도 싫고, 체육은 더더더 싫잖아~"

그러자 뾰로통해진 표정의 가영이는 머리를 흔들면서 뛰듯이 걸어간다.

내 잔소리가 듣기 싫은가 보다.

가영이에게 말은 그렇게 했지만 나도 궁금하다. 하고 싶은 애들만 하면 되는 걸. 수학을 좋아하고 잘하는 애들 때문에 수학에 흥미 없고 잘 못하는 애들이 그들의 들러리가 되는 기분이랄까… 아무튼 힘들다.

"에이~ 진짜~ 몰라~ 매일 서랍에 쓰레기 넣어 두는 사람이 울 BTS 진 오빠처럼 잘생긴 남자였으면 좋겠다~ 설마 여기에 범인이 있는 건 아니지? 만약에, 만약에 있다면 나 진짜 화낼 거야!! 애들아~ 나 눈 엄청 높은 거 알지?"

"그럼 알지~ 알고 말고."

피식 웃으면서 눈치를 보던 우리들은 하고 싶은 말은 많았으나 참기로 했다. 이제 진짜 학원도 가야 하니까.

◆ 3. 맞네! 맞아……

"너는 내일부터 오후 네 시에 이곳에 오렴. 그럼 나는 오후 세 시부터
너를 기다리며 행복해지기 시작하겠지."

「어린 왕자」 중에서

《학원 앞》

"수영아~ 가영아~ 안녕~ 잘 가~ 내일 보삼~"

"엉~ 미영아~ 조심히 가삼~"

수학 학원을 마치고 각자 집으로 향하는 발걸음이 아까보다 더
무거워 보인다. 집에 가서도 숙제가 기다리고 있어서 그런가 보다.

"야! 도경훈! 같이 가자~"

"웬일이셔~ 이미똑씨가 나 또경훈과 같이 가면 시간과 속력이 어
쩌고 저쩌고 해서 늦어져 싫다고 말한 게 언제더라~"

"오늘은 내가 특별히 그걸 감안하고 가는 거니까 잔말 말고 따라
오셔~"

"혹시 날 납치해서 입만 팔려고? 그건 안 될 걸~ 내 입은 백만 불
짜리 입이야~ 이거 왜 이래~"

"야! 또또또 또경훈! 영양가 없는 소리 좀 그만 해줄래? 너 내가 묻

는 말에 사실대로 대답해!

"뭐? 뭐가 이렇게 진지해?"

"너….."

"너… 뭐?"

"너….."

"야! 너 나한테 고백할 거면 꽃이라도 사와라."

"얘가! 뭘 잘못 먹었냐? 내가 미쳤냐?"

"네가 하도 뜸을 들이니까."

"너지?"

"뭐가?"

"너 맞잖아."

"나? 뭐가 맞는데?"

"칫! 요것 봐라. 요놈 이실직고 못할까! 네가 가영이 책상 서랍에 쓰레기 넣어 둔 범인이잖아!"

"내가? 증거 있어?"

"너 가영이 좋아하잖아. 그게 증거야."

"………."

"맞잖아!!"

"가영이도 알아?"

"글쎄….."

"음……. 그러면 모른 척해줘. 가영이가 알 때까지…."

"맞구나!!! 우와~ 대박"

"왜? 나 가영이 좋아하면 안 돼?"

"안 되기는……. 나 너랑 가영이랑 잘 어울린다고 생각한 사람이야. 이거 왜 이러서~ 근데…… 쓰레기는 조금 그렇지 않냐?"

"그렇게라도 하지 않으면 가영이가 날 생각해 주지 않을 거 같아서……. 날 범인이라고 생각하면 관심 가져 주지 않을까?"

"큭큭큭…… 사실 가영이는 처음부터 널 의심했었지. 진짜면 널 가만두지 않을 거라고……."

"그래? 그러면 조금만 더 비밀 지켜줘. 근데 내가 매일 쓰레기만 넣어뒀을까?"

"그럼 고백 편지라도 쓴 거야?"

"그것도 비밀~ 가영이한테 직접 물어보든지……."

'뭐지? 둘 사이에 내가 모르는 비밀이 있었던 거야?'

미영이는 잠시 생각했다.

"알았어……. 걱정 마! 오늘 너랑 한 얘기는 없었던 일로 해줄게~ 비밀은 지키라고 있는 거니까!"

나는 경훈이에게 더 묻고 싶었지만 참았다. 목까지 질문들이 다다 올라왔지만 꾹 눌렀다. 이미 가영이도 범인을 알고 있을지도 모른다는 생각이 들었기 때문이다.

◆ 4. 로딩중 = 성장중 = 빛나는중

"이제 알겠어. 내 별에 있는 꽃은 세상에서 하나뿐인 꽃이야. 내가 벌레도 잡아주고 돌봐주는 꽃이니까. 그런 꽃은 세상에서 하나밖에 없는 거야."

《 교실 》

"우어어! 아~ 드디어 중간고사 끝났다. 오예!"

가영이가 책상에 철퍼덕 엎드리면서 말한다.

"엉~~"

어제 밤을 새웠는지 퀭한 눈으로 수영이가 대답한다.

"미영아~ 수영아~ 나 지금 성적도 바닥. 자존감도 바닥. 이대로는 당연히 괜찮지 않지……. 나의 이 자존감을 노래방에 가서 노래방 기계님의 점수로 올리고 싶어. 우리 노래방 가자!"

"미안~ 가영~ 나 오늘 엄마 생일이어서 일찍 들어가 봐야 하는데 어쩌지."

내가 먼저 선수 쳤다. 그러자 수영이도

"미안해~ 가영아~ 나도 오늘 요리학원 원데이 클래스 신청했거든."

"에이~ 뭐야~ 얘들이 나랑 상의도 없이 약속을 다 잡았다는 거지. 미영이 어머니한테 밀리는 거니까 내가 이해하고……. 수영이 너는 웬 갑자기 요리학원이야!"

"그게 말이야. 예전부터 수강 신청했었는데 계속 정원 초과로 못 했어. 근데 오늘 자리가 비었다기에 얼른 신청했지! 이번 한 번만 봐 주라~응?"

"흠, 알았어~ 내가 쿨 하게 용서해 주겠어. 그럼 모두들 잘 가~ 나는 이 극심한 스트레스를 해소하기 위해 또경훈을 납치해서라도 노래방에 꼭 다녀와야겠어. 노래방 기계님은 항상 나의 노력에 아낌없는 칭찬과 높은 점수로 응대해 주시니⋯⋯. 내일 봐, 얘들아."

가영이는 진짜 쿨 하게 경훈이를 찾으러 교실을 나갔다.

"오~ 미영~ 너 거짓말 완전 많이 늘었네? 어머니 생신 10월 아닌가?"

"오~ 대박. 수영~ 기억력 겁나 대박. 너도 그거 사실이야?"

"아니~ 사실 나도 오늘은 쉬고 싶어서~ 오늘 노래방 가면 쌓였던 시험 스트레스로 목 놓아 부르다가 내 몸이 산산이 부서질지도 몰라서. 큭큭큭."

"그냥 귀찮다는 얘기잖아~ 큭큭. 좋았어. 가영이한테는 살짝 미안하지만 오늘 하루는 각자 하고 싶은 거 하는 걸로."

"그리고 말이야~ 경훈이는 가영이랑 둘이서 노래방 가는 걸 더 좋아할지도 몰라. 큭큭큭."

"야! 너도 눈치챘구나."

"당연하지. 경훈이가 그렇게 티를 내고 다니는데 모르는 사람이 바보 아냐?"

"오~ 김수영 많이 똑똑해졌네."

"그래? 큭큭큭."

"응~ 깜짝 놀랐는 걸~ 그래도 우리가 이렇게 알고 있다는 건 비밀로 해야겠지?"

"하하하~ 그래~ 그나저나 다음 주 토요일 시간 괜찮아? 우리 집에 놀러 와~ 내가 진짜 떡볶이 해줄게."

"우와~ 레시피 완성한 거야?"

"응~ 드디어. 일단 그날 와서 평가해주라."

"당연하지. 취소하기 없기야. 가영이도 내가 끌고 갈 테니까 걱정일랑 마셔."

우리는 학교에서 나온 후 수영이는 집으로 간다며 버스 정류장으로 갔고 내 발걸음은 서점으로 향했다.

《 서점 》

책이라고는 문제집만 사러 다녔는데 무슨 바람이 불어 서점으로 갔는지 모르겠다.

수영이도 가영이도 꿈이 있는데 사실 난 아직 꿈이 없다.

꿈을 가져봤자 정말 될 수 있는 것도 아니라는 생각에 생각하는 것조차 시간 낭비라고 생각했다.

나는 무엇을 좋아하는 걸까? 특별히 좋아하는 것 없다.

나도 말하고 싶다.

내 꿈을……

오늘은 괜히 서점에 가서 내 마음과 밀당 중이다.

이번 달 베스트셀러!! 이쪽에 있는 책들은 왠지 아우라부터 다르다. 베스트셀러는 표지부터가 멋지다고 생각한다. 베스트셀러라고 하니 꼭 사서 읽어봐야 할 것만 같고 눈이 더 간다.

작가는 책을 쓰면서 얼마나 자기 마음과 밀당 했을까? 아마도 끝도 없이 쓰고 지우며 고뇌했을 것이다. 운이 좋으면 그 책이 베스트셀러가 되기도 하고 아니면 서점 한쪽 컨 손길 닿지 않는 곳에 줄지어 꽂혀 있는 아무 책이 될 수도 있다. 아무 책이 아무나가 되는 것처럼…….
『행복한 사진』제목부터 유치하다. 그런데 베스트셀러다.

위풍당당하게 베스트셀러 칸 위쪽에 있다. 그러니 조금씩 달리 보이기 시작한다.

작가가 엄청 유명한 사진작가란다. 처음부터 사진을 좋아해서 시작한 건 아니라고 한다. 쉽게 할 수 있는 취미를 찾다 보니 사진을 찍기 시작했다고 한다. 하다 보니 즐거웠고, 즐겁게 일을 하니까 요령이 생기고, 기술까지 생겼다고 한다. 취미가 직업이 되면서 돈도 벌고, 개인전까지 열게 되었다나.

취미가 직업이 되다니… 이런 삶도 있구나 싶기도 하다.

나는 지금 바로 눈앞의 결과에만 연연하며 살고 있지는 않은지……
한동안 멍했다. 평소라면 친구들과 정신없이 수다를 떠느라 이렇게 멍때리는 시간이 없을 텐데 오랜만에 혼자 있다 보니 이런 멍도 때리고 (창의성은 이럴 때 나온다고 들었다-큭큭) 나에 대해 생각도 해본다.

이곳에서 나는 나에게 밀당이 아닌 위로를 살짝 건네 본다.

'아무것도 되지 않아도 괜찮아.'
'너만 행복하면 돼.'
라고 말이다.

혼자 서점 문을 열 때는 괜히 참 어색했는데 서점에 잘 왔다는 생각이 든다.

◆ 5. 안 괜찮아도 괜찮아

"잘 가. 내가 비밀을 하나 가르쳐 줄게. 가장 중요한 것은 눈으로 보이지 않고 마음으로만 보여. 너는 잊어버리면 안 돼. 네가 길들인 네 꽃은 영원히 네 책임인 거야."

「어린 왕자」 중에서

《수영이네 집》

"웬일이니! 웬일이니~ 진짜 맛있어~ 수영아~ 우리 수영이가 드디어 해냈구나. 지금 당장 떡볶이집 CEO 하셔도 될 듯!"

방긋 웃으며 가영이가 말했다.

"가영이 말이 맞아~ 수영아~ 진짜 맛있는데! 우리 이참에 특허라도 낼까?"

"고마워~ 얘들아~ 맛있게 먹어줘서."

"고맙기는. 우리가 무슨 일을 했다고! 새로운 메뉴 나오면 또 불러~ 우리가 절대 미각으로 냉철하게 평가할 테니. 우리 미식가인 거너도 알지!"

가영이는 자기 가슴을 두드리며 자신에 찬 목소리로 우렁차게 소리쳤다.

"알았어~ 알았어~ 아이스크림 먹을까? 매콤함 뒤에는 아이스크림이지!"

"오~~~ 완전 콜!"

우리들은 동시에 외쳤다. 그러고 난 뒤 뭐가 그렇게 재미있는지 한참을 깔깔깔 거리며 웃었다.

"있잖아. 우리 학기 초 되면 항상 작성하는 거 있잖아~ 특기가 뭔지, 희망하는 진로가 뭔지… 음… 그럴 때마다 난 곤란했었거든……."

수영이가 조심스럽게 말을 한다.

"……."

"장래 희망?"

"맞아~ 장래 희망을 항상 적잖아. 난 말이야… 항상 거짓말로 작성했었어. 공식적인 나의 꿈은 신문기자, 비공식적으로 나의 꿈은 현모양처. 현모양처라고 쓰기보다는 신문기자가 더 그럴 듯해 보이니까. 부모님 직업이 신문 기자시니까 장래 희망에 신문 기자라고 쓰면 부모님도 선생님도 당연하게 생각하시겠지……. 내가 너무 솔직하지 못한 건가?"

"아니야~ 그럴 수 있지."

"맞아~ 아니지. 나도 그래!"

나는 조용히 말을 이어갔다.

"나도 말이야. 매번 장래 희망을 교사로 쓰고 있어. 뭔가 누가 봐도 무난해 보이는 느낌이랄까? 근데. 언제부터인가. 어차피 장래 희망으로만 끝날 얘기를 왜 적는지 모르겠다는 생각을 해. 무슨 과목의 교사가 되고 싶은지도 잘 모르겠고, 공무원이니 제일 안정적이니까 그냥 적어내는 건데…… 선생님과 부모님은 너무 진지하게 받아들인단 말이지. 무슨 과목 교사가 될 건지 자세하게 적어야 하고. 기승전 공부. '공부 열심히 해서 좋은 대학부터 가야겠네'라고."

"나도!! 미영이 말이 맞아. 나는 장래 희망이 모델인데 모델이라고 말하면 '살부터 빼라', '넌 그 키 가지고 되겠니?', '다른 건 하고 싶은 건 없니?', 매일 시달릴 거야. 그래서 나도 비공식적인 꿈이지."

"후훗. 다들 그렇구나. 나만 그런 줄 알았어."

수영이가 수줍게 말했다.

"수영아~ 넌 왜 유치원 때부터 장래 희망이 현모양처였어?"

가영이가 수영이한테 물었다.

"음…… 사실은…… 엄마, 아빠가 맞벌이를 하시니까 항상 집에 혼자 있었어. 나 혼자. 어떤 애들은, 야~ 게임도 하고 TV도 마음대로 보고 부럽다 말하기도 하는데 사실 난 외로웠어. 능력 있는 엄마가 있어서 좋긴 하지만… 항상 같은 자리에 서서 가족들을 품어 줄 수 있는 사람이 되고 싶었는지도 몰라. 그게 현모양처라고 생각했어. 지금도 그 꿈은 변함없어. 언젠가는 다른 꿈을 꿀 수도 있겠지만, 지금은 그래."

가영이와 나는 고개를 끄덕이며 수영이 말에 공감했다.

수영이라면 그렇게 생각할 수 있겠다는 생각이 들었다.

"넌… 왜 모델이 되고 싶어?"

수영이가 가영이한테 물었다.

"큭큭. 못 될 거 같으니까!"

"뭐?"

"그게 무슨 뜻인지……."

"야! 내가 어떻게 모델이 되겠냐? 브레이브 걸스 노래가 역주행한다고 모델의 기준까지 역으로 바뀌지는 않거든. 나는 말이야. 그냥 모델들이 부러워~ 키도 크고, 날씬하고, 옷도 멋있고~ 화려하고 말이야. 좋은 면만 보고 반한 거지. 거기에 따른 노력은 무시한 채.”

“맞아~ 우리는 눈에 보이는 결과물만 보고 쫓아가. 과정은 무시하지…….”

수영이가 자기 손을 내려다보며 말을 한다.

수영이는 부모님 몰래 요리 연습을 시작하면서 손에 칼에 베인 상처로 반창고가 항상 붙여져 있다. 얼마 전에는 주부 습진으로 약까지 처방받았으니…… 세상에 쉬운 일은 없는 게 맞다.

“신데렐라~ 알지?”

가영이와 나는 수영이 물음에 고개를 끄떡였다.

“우리가 알고 있는 신데렐라는 왕자와 결혼해서 행복하게 살았다는 내용만 알잖아. 사실 신데렐라도 엄청난 노력파였을 거 같아. 신데렐라를 왕비로 만들어준 유리구두가 평범한 구두는 아니잖아. 유리구두를 신고 제대로 춤을 추기 위해 피나는 연습을 했을 거야. 분명 신데렐라의 발은 잔뜩 붓고 상처투성이였겠지. 신데렐라의 운명은 스스로 개척한 거라고 생각해.”

“그럴 수도 있겠다는 생각이 드네.”

“음…… 신데렐라는 다~ 계획이 있구나.”

가영이가 영화 기생충에 나오는 주인공 흉내에 우리들은 또다시 웃기 시작했다.

어른들이 보기에 우리들은 아직 미성숙한 상태로 보일지도 모른다. 그래서 실패하지 않고 갈 수 있는 방향을 알려 주려고 노력한다. 실패하지 않기 위해 노력하는 게 아니라 실패를 해봐야 노력하는 힘을 얻는다는 것을 어른들은 모른다. 공부만 열심히 하면이라는 말이 아니라 공부를 잘하면 뭐든지 될 수 있다는 어른들의 말을 공감할 수 없겠지만 그 말이 틀린 말도 아니라는 것도 알고 있다. 하고 싶은 일을 솔직하고 당당하게 말 못하는 우리지만 우리들도 끊임없이 고민하고 노력하며 성장 중이란 걸 어른들은 알까?

"어! 비 온다!"

가영이가 들뜬 목소리로 말한다.

"진짜네."

"오랜만에 비 오네. 수영아. 우리 베란다로 갈까?"

"콜~ 좋지!"

내리는 비가 뭐가 우스운지 우리들은 또다시 깔깔깔 거리며 한참 웃는다.

빨리 어른이 되고픈 수영이, 우정과 사랑 사이에 줄다리기하고 있는 가영이, 마음속의 나와 밀당 중인 나.

우리 모두는 안 괜찮아 보일지도 모른다. 그냥 괜찮아 보이려고 노력하고 있는지도, 아니면 괜찮아지기 위해 숨죽여 노력하고 있을지도…….

언젠가는 해답을 찾을 것이다. 시간이 걸릴 뿐.

'그래. 지금 당장 안 괜찮아도 괜찮아.'

'세상에서 내가 제일 소중하다는 사실만 잊지 마.'

빗방울을 보는 우리의 눈은 촉촉하게 웃고 있었다.

「안 괜찮아도 괜찮아」 마침.

글을 마치며

　생 텍쥐베리의 『어린 왕자』를 처음 알게 된 건 초등학교 3학년 때였습니다.

　학교 도서관에서 표지에 그려진 어린 왕자의 모습이 마음에 들어 뽑았는데, 그날 하루 만에 책을 다 읽었던 기억이 납니다.

　『어린 왕자』책을 읽고 있으면 독특한 삽화들이 책 속에 빠져들게 만듭니다. 책 속에는 별, 꽃, 사막, 장미, 여우, 뱀, 임금, 허영쟁이, 술꾼 등 다양한 인물과 소재가 나옵니다. 어린 왕자와 친구가 되고 싶었던 여우는 마음과 마음으로 다가가는 우정이란 것을 가르쳐 주었습니다. 어린 왕자가 여우를 길들이게 되고, 거기서 어린 왕자는 정원에 피어 있는 오천 송이의 장미꽃보다 자신의 별에 두고 온 장미꽃 한 송이가 더 빛나고 소중하다는 것을 깨닫게 되며 조금씩 조금씩 성장해가는 내용입니다.

　아무도 중요하게 생각하지 않는 아주 평범하고 사소한 것까지 특별하고 아름답게 만드는 것은 '사랑'일지도 모릅니다.

　제가 쓴 소설에는 4명의 친구(수영, 가영, 미영, 경훈)가 나옵니다. 모두들 고민이 있습니다. 고민을 어떻게 풀어 나갈지가 중요하지 않을까요? 사랑과 우정으로 말입니다. 어린 왕자에게 제일 소중한 것이 사랑하는 마음과 약속 혹은 자신이 한 일에 대한 책임감이었듯이 우리들도 무엇이 소중한지 잘 알고 있습니다. 우리는 지금 불안해 보입니다. 지금은 안 괜찮아 보입니다. 그렇지만 괜찮습니다.

그런 모습조차도 빛나 보이는 십대니까요.

우리들은 지금 로딩하며 성장중이라고 생각합니다. 그리고 어떤 모습으로 언제 성장을 마무리지을지 아무도 모릅니다. 시간이 느리게든 빠르게든 그날까지 계속 반짝이며 성장 중인 4명의 친구들과 이 글을 읽는 여러분들을 응원합니다. 여러분은 모두 빛나고 소중한 사람입니다.

이번 책 쓰기 경험을 통해 많은 것을 느끼게 해주신 선생님과 부모님께 감사하다는 말을 꼭 전하고 싶습니다. 마지막으로 이 글을 끝까지 읽어주셔서 감사합니다. ♥

야간산행

Enjoy Writing Books

김민규 (3학년)

중딩,
지금의 나를 소개합니다

◆ **작가명** : 김민규

◆ **나이** : 16세

◆ **나의 꿈은?** : 로봇 공학자

◆ **나의 취미** : 음악 듣기, 영화 보기, 책쓰기(?)

◆ **내가 요즘 즐겨 듣는 노래** : prime time remix

◆ **내가 좋아하는 가수** : 우원재, 창모, 김승민, ASH ISLAND

◆ **내가 좋아하는 음식** : 고기, 랍스타 등등

◆ **나와 너를 반짝이게 하는 한 마디** : 넌 잘하고 있다. 최선을 다하자.

　　　　　　　　　　　　　　　　　　　 행복하자.

◆ 프롤로그 1

"안 해! 안 한다고오!"
"수호야, 한 번만 다녀보자, 응?"

　수호는 어릴 적 기억을 떠올렸다. 지금 그는 태권도 대회 현장에 있다. 맞은편에는 그의 라이벌이자 전국 태권도 겨루기 대회 결승전 상대가 서 있다. 이때까지 5전 3승 2패로 수호가 조금 더 우위를 점하고 있긴 하지만 결코 쉬운 상대가 아니었다. 심지어 수호는 대회 만년 2등, 상대는 1등을 여러 번 했었다. 수호는 빨간색 장비들을 착용하고 경기를 시작했다.
　……
　'퍽' 수호의 돌려차기가 상대의 배에 정확하게 맞았다. 1점 앞선 상

황에서 10초가 남았다. 부상으로 아팠던 발목이 다시 아파오기 시작
했지만 10초 정도는 버틸 수 있었다. 상대는 지금 무리하고 있다. 사
람은 큰 점수 차보다 적은 점수 차로 지는 것을 더 두려워하기 마련.

상대의 동작이 큰 발차기가 날아왔다. 수호는 스텝으로 뒤로 빠진
후 다시 자세를 잡으려는 상대의 호구를 힘껏 찼다.

"삐이익!"
"경기종료!
"홍 승!"

◆ 프롤로그 2

타닥…타닥……. 타타닥타타탁
"아니 저걸 못 잡아?" 컴퓨터 책상을 내리친다. "이게 뭔….."
타다다닥 '아 진짜, 우리 팀 뭐해… 하……'
"아, 안 해! 편의점에 라면이나 사러 가야지."

잠시 후 한 아파트에서 한 소년이 나온다. 규현이다. 규현이에게는
이것이 일상이었다. 방학 땐 정말 천재가 아닌가 싶을 정도로 빠른
시간에 숙제를 마치고 학원가는 시간과 밥 먹는 시간, 화장실 가는
시간을 제외하곤 놀았다. 주로 컴퓨터나 휴대폰으로 게임을 하긴 했
지만, 친구들이 시간이 될 때는 축구도 했다. 그렇다고 해서 그가 놀

기만 하는 바보는 아니었다.

단지 공부가 싫고 게임과 축구가 좋은 것이었을 뿐.

◆ 프롤로그 3

주원과 동원은 같은 학원을 다닌다. 매일 붙어 다니는 그들은 절친
이다. 학원 오는 길에는 햇살이 내리쬐었지만 마칠 무렵 학원 창밖엔
더 이상 햇살이 보이지 않았다. 어둑어둑해진 밤, 옆에는 10명의 소
위 '엘리트'라고 하는 모범생 아이들이 모여 있다. 주원과 동원 또한
수호와 마찬가지로 특별할 것 없는 인생을 살고 있었다.

집-

학교-

학원-

다시 집

이동하는 것도 엄마의 차로 이동하니 코로나 시대의 최강 면역을 가졌다고도 할 수 있겠다. 이런 생활은 10살부터 시작되었다. 초등학교 3학년이었던 어린아이는 이제 16살이 되었고 속에선 반항이 끓어오르고 있었지만, 실현은 엄두도 내지 못했다.

다람쥐 쳇바퀴처럼 반복되는 일상이다.

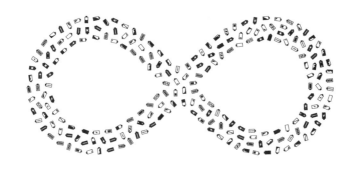

규현

개학 첫날.

고산중학교 3학년 7반 27번 규현은 교실에 들어섰다. 반에는 아는 애들이 거의 없었다. 규현은 같이 축구를 하던 아이들 몇 명과 인사를 했다. 그리고는 교실을 눈으로 훑었다. 칠판엔 자리 배정표로 보이는 종이가 보였고, 4명의 아이들이 교실에 앉아 있었다. 규현은 자리를 확인했다. 운이 나쁘게도 맨 앞자리 심지어 정중앙이었다. (중3쯤 되면 맨 앞자리를 몹시도 싫어한다.) 그 옆자리와 뒷자리엔 단어장을 보고 있는, 사회와 동떨어진 듯한 모범생 같은 아이들이 앉아 있었다.

'헐-아침부터 단어장 보면 속 울렁거리지 않나?' 규현이 생각했다.

동시에 그 아이에게 물었다. "안녕, 이름이 뭐야?"

"동원." 단답이 돌아왔다.

뒷자리 아이에게도 물었지만 "주원."이라는 단답이 돌아왔다. '아휴… 자리는 최소 한 달 후에야 바꿀 텐데, 한 달 동안 재미는 없겠네……'(라고 생각했지만, 나중에 서로 친해지니까 서로 말이 많아졌다.)

그때였다. 교실 문이 '쾅' 하고 열리더니 운동을 많이 한 듯 체격 좋은 아이가 들어왔다.

"에이씨, 아는 애가 없어." 그 애가 말했다. 수호였다.

규현은 잠시 말을 걸까 생각했지만 수호의 무서워 보이는 첫 인상을 보고 금세 마음을 접었다. 교실의 서로 어색한 침묵과 몇몇 아이들이 떠드는 소리는 선생님이 들어오시자 멈췄다.

주원

선생님이 들어오셨다. 선생님은 간단히 자기소개를 하시곤 학급 규칙을 알려주고 여러 도우미 등을 정하셨다. 주원은 항상 과학 도우미만 하곤 했다. 수많은 학원에 다니느라 다른 예체능에는 관심을 가지지도 못하는 주원이 유일하게 스스로 좋아하는 과목은 과학뿐이었다.

그리고 올해는 코로나로 인해 코로나가 안정되어 있을 때 미리 2박 3일 수학여행을 간다고 하였다. 바로 다음 달, 개학한 지 한 달이 겨우 지난 4월 말에 떠난다고 하였다. 단, 이번 여행은 코로나 시국인 만큼 갈지 안 갈지는 개인의 자유이다. 주원은 한숨을 내쉬었다.

"하…… 못 가겠지……?"

대각선 뒤에 앉아 있던 그의 오랜 친구이자 본인과 같은 스케줄을 소화하고 있는 동원도 마찬가지였다. 거의 100% 이상의 확률로 그들은 2박 3일 동안 학원 여행을 떠날 것이 분명했다.

6학년 수학여행으로 1박 2일 캠프를 가는데도 그들의 부모님은 안 갈 수 있는 방법을 찾으려고 애를 썼었다. 다행히 그때는 모든 학생이 필수로 참가해야 했던 터라 캠프에 갈 수 있었지만, 이번엔 다르다. 수학여행에 가려면 반드시 무언가의 대가를 치러야 한다. 예를 들면, 다음 시험에서 어마 무시한 성적을 내서 전교 1등을 한다던가, 가끔 타러 나가던 자전거를 포기해야 했다. 자전거가 낫겠다.

동원

집에서 원래 풀던 문제집 말고 다른 문제집을 한 권 더 풀기로 했다. 그래도 휴대폰 사용 금지나 자유 시간을 줄이는 것보단 차라리 나았다. 문제집이 자꾸만 쌓여간다. 답답하다.

수호

"웅성웅성~~ 왁자지껄~~"

우여곡절 끝에 올해는 수학여행을 오게 되었다.

수학 여행지에 도착해 OT를 시작하기 전 기대에 찬 아이들의 소리가 수호의 귀에 들어왔다. 수호 또한 설렜지만, 겉으로 표현하진 않고 있었다.

OT에선 간단한 규칙, 생활관에서의 생활법, 일정을 알려주었다. 첫날엔 휴식 후 저녁 먹기 전 장기자랑, 저녁 후 8시엔 야간산행, 2일차에는 래프팅, 운동회 등을 한다고 했다.

'왜 굳이 위험하게 밤에 이 으슥한 산을 오른다는 거지?'라는 생각을 했다. 그 생각이 끝나기가 무섭게 설명하던 교관이 야간산행에 대해 설명을 시작했다.

산행길에는 가로등과 돌로 잘 정리된 길이 있어 정해진 길로만 다니면 안전하다고 했다. 혹시나 모를 위험에 대비해 산행 때는 거뒀던 휴대폰을 돌려준다고도 했다. 몇몇 아이들은 멧돼지는 안 나오냐며 서로를 가리키며 낄낄거리기도 했다. 하지만 수호는 아무 말도 하지 못하고 있었다.

비슷한 나이의 태권도 선수 중에서 탑 급을 차지하는 그가 무서워하는 것 중 하나가 산이었다. 산의 벌레 소리, 그리고 어릴 적 할머니 집 뒷산에서 들은 정체 모를 늑대 같은 소리, 결정적으론 어릴 때 산에서 미끄러져 발목을 심하게 다친 적이 있었던 것이다. 그 후유증으로 가끔 벌레 소리 같은 게 들리면 경기 중 타임을 요청하기도 한다.

동원

장기자랑 시간이 어떻게 흘렀는지 모르겠다. 항상 과제와 공부로 시간을 보내야 했던 동원은 다른 친구들이 거의 대부분 알기에 흥얼거리며 따라 부르는 노래들을 몰랐다. 따라서 당연히 장기자랑 시간엔 그냥 가만히 초점 없는 피곤해 보이는 눈을 깜빡거리며 앉아 있었다. 심심했다.

규현

규현은 솔직히 실망하고 있었다. 2박 3일 동안 게임과 단절된다기에 친구들과 축구라도 많이 하자는 즐거운 마음으로 수학여행을 왔다. 하지만 예상과는 다르게 모든 활동이 단체 활동에 절대 떨어지면 안 되는, 즉 개인 활동이 전혀 없었다. 그렇게 불평불만이 가득 찬 마음을 가진 채 8시가 다가왔다.

산행은 반별로 남자, 여자 따로 추첨해 4명이 한 조가 되어 간다고 했다. 야간산행은 또 뭐람.

잠깐 설명 및 되짚기

(여기까지 읽은 분들이 아마 눈치채셨겠지만) 규현, 동원, 수호, 주원은 같은 조가 되었다.(이때까지만 해도 이 아이들은 같은 반이라 겨우 인사만 하는 정도에 지나지 않았다.) 이 조합을 간단히 설명하자면 운동선수 하나와 운동선수 겸 프로게이머 하나와 노벨상을 타려고 연구하는 과학자 두 명이 모였다고 할 수 있다. 규현은 축구, 수호는 태권도, 주원은 자전거로 다져진 체력이 있었고 동원은 아

주 좋은 머리를 지니고 있었다. 이 점을 유의하면서 읽으시면 된다.

동원

'산이라니… 아, 가파른 거 진짜 싫은데….'

산 입구까지 동원은 한탄했다. 옆에 있는 몇몇 친구들은 설레어 보였다.

"야, 원래 정상까지 30분밖에 안 걸린다니까 우린 20분 만에 가보자." 주원이 옆에서 말했다.

"에이, 20분은- 뛰어서 10분 안에 간다." 규현이 부추겼다.

"니네 뛰다가 발목 나가도 난 책임 안 진다." 수호가 말했다.

뛰어가지 말자고 하는 건 체력 약한 동원에게는 좋은 말이지만 그런 말들을 들을수록 동원은 오히려 무섭고 가기 싫은 마음이 높아졌다.

가기 싫은 마음과는 다르게 다음은 드디어 우리 조 출발이다.

지금부턴 모두의 관점에서 진행되는 이야기

"치이익…. 출발해도 됩니까?"

"네."

"자, 남자 3조 코스대로 갔다가 내려오면 돼. 왕복 한 시간 정도니까 천천히 해도 됨. 이야기하느라 앞 보는 거 소홀하지 말고. 절대 뛰지 말고. 내려오면 바로 숙소 입구니까 씻고."

안내하는 선생님이 말했다.

"네!" 힘차게 말하고는 아이들은 앞으로 걸어 나갔다.

선생님이 볼 수 없는 위치에 가자 아이들은 슬슬 이야기를 시작했다.

"야, 누가 정상까지 먼저 가나 시합할래?" 주원이었다.

"초딩이냐? 너 너무 공부만 했어." 수호가 핀잔을 주었다.

"그럼 그냥 천천히 조깅하듯이라도 가자. 너무 느리면 심심하잖아." 규현이 말했다.

'하… 왜 다들 체력이 좋아서….' 동원은 한탄했다.

그렇게 아이들은 앞서거니 뒤서거니 정상까지 올라갔다. 동원도 힘들어하긴 했지만 혼자 뒤처지면 안 된다는 생각에 최선을 다해 서둘러 올라갔다. 물론 이런 분위기 때문에 앞에 출발한 조 아이들보다 먼저 도착해 혼났다.

아이들은 물을 마시고 잠깐 앉아서 쉬었다.

"야, 동원아. 근데 나 궁금한 거 생김." 규현이 말했다.

"뭐?"

"그렇게 맨날 앉아서 공부만 하면 재미없지 않냐?"

"공부가 재밌어서 하는 (도레미 중 미)를 치는 친구가 있겠냐. 하기 싫긴 한데 엄마가 시키기도 하고. 뭐… 나중에 잘되면 좋긴 하잖아."

"그래도 솔직히 너랑 주원이는 공부 말고는 아무것도 할 줄 모르잖아." 수호가 말했다.

"야! 나 자전거도 제법 탈 줄 알거든?" 주원이 말했다.

"나도 게임할 줄 알아. 엄마 눈 피해서 가끔씩 폰 게임 밖에 못하긴 하지만……." 동원이 해명했다.

"그래도 좀 쉬어. 우리 시험 끝나고는 같이 영화 한번 보러 가자."

수호가 제안했다.

"게임해야 되는 뒈에에?" 규현이 깐족거렸다.

"에잉. 이런."

"내려가는 건 금방 가니까 빨리 뛰어가서 씻자." 아직도 체력이 쌩쌩하게 남은 규현이었다.

"내려가다가 미끄러지면 옛날 나처럼 3주 동안 병원에 누워있어야 한단다…." 수호가 반대했다.

"뭐. 내려가는 건 나무만 조심하면 괜찮지 않을까?" 동원이 말했다.

"안 다치고 빠르게 가면 되지 뭐." 주원이 냅다 달리기 시작했다. 아이들은 무언가에 홀린 듯 같이 뛰기 시작했다.

'타타타타탁….. 픽…끄악….'

"아!…… 피!" 주원이 비명을 질렀다.

"에휴……. 말을 해도 당췌 안 들으니……." 수호가 말했다.

"야, 그럴 시간에 애 부축이나 해줘라. 가서 샤워하고 약 바르면 될 걸 가지고." 규현이 핀잔을 줬다.

"생각보다 완전 부실하네…. 나보다 빨리 넘어지다니. 다리 힘 좀 길러라. 히힛" 동원이 깐족거렸다.

"예……예……."

하지만 예상과는 다르게 당연히 빨리 내려갈 줄 알았던 것과는 달리 아이들은 꽤 오랜 시간 산에 있게 된다.

그 이야기는 지금부터 시작된다.

아까 말했듯 현재 규현은 체력이 충분하고, 동원은 지쳤고, 수호는 체력은 남았지만, 산이 무서우며, 주원은 다리와 팔꿈치에 피가 나고 발목을 접질렀다.

　이런 상황에서 아이들은 갈림길을 마주했다. 원래 길은 오른쪽으로 가로등이 켜져 있어야 했지만, 왠지 모를 이유로 꺼져 있었다. 즉, 이정표도 보이지 않았고, 칠흑 같은 어둠 속이었던 것이다.

　불이 꺼진 이유를 밝히자면 작은 다람쥐들 때문이었다. 가로등은 숙소 건물에서 전기를 끌어와 사용했는데 다람쥐를 비롯한 동물들이 땅에 깔린 전선 위를 지나다니며 전선 피복이 벗겨지다 못해 하필 이들 조가 지나가기 직전 전선이 끊어진 것이다.

　어둠 속에서 아이들은 빛을 보았다. 그것은 저 멀리 지나가는 고속도로의 차 헤드라이트들이었다. 하지만……

　“야, 무서워 미치겠네. 저거 숙소 불 맞지? 우리 이쪽으로 가자.” 주원이 제안했다.

　“불 켜져 있고, 경사도 딱히 안 급한 게 저쪽 맞는 거 같네. 가자 가자!”동원이 빨리 가자고 재촉했다

　그렇게 아이들은 휴대폰 손전등을 길잡이 삼아 아까보단 느린 속도로 앞으로 나아갔다.

　맨 처음 이상함을 알아차린 건 똑똑한 동원이었다. 그는 아까 정상까지 30분이면 간다는 말을 기억해냈다. 하지만 주원이 넘어진 것을 감안하더라도 내려올 땐 20분이 걸릴 텐데, 27분 째 걷는 때까지 불빛은 더 가까워지지 않았다.

　동원이 농담하는 투로 말을 꺼냈다.

　“야, 이상해. 우리 조난당한 거 아니냐?”

　“그럴 리가. 그럼 아까 그 불빛은 뭔데? 지금 저기 보이고 있잖아.”

규현이 반박했다.

"야, 근데 우리 진짜 조난당한 거 같아. 불빛이 몇 십 분을 걸어도 안 가까워지잖아. 그대로야." 주원이 말했다.

"아… 난 산이랑 만나면 결말이 안 좋아." 수호가 한탄했다.

"쌤한테 전화해볼까? 뚜루루루루루루루…….. 뭐야 전화가 안 걸리는데?" 규현이 말했다.

그때서야 동원의 머리에 여러 장면이 지나갔다.

어둡던 갈림길, 터지지 않는 전화,………

"애들아. 이 주변에 전기가 끊어진 거 같아. 아까 그 갈림길로 다시 올라가 보자."

아이들은 두려운 마음을 조금씩 숨긴 채, 그리고 서로를 의지하며 다시 길을 올라갔다. 30분 넘게 오던 길을 되돌아갔다.

"아, 맞네. 여기 가로등도 있고, 표지판도 저쪽으로 되어 있어." 수호가 말했다.

"야, 찾아서 다행이긴 한데 근데 우리 그럼 어쩌냐. 담임쌤이랑 아까 그 안내 교관쌤한테 혼나는 거 아냐?" 주원이 걱정했다.

"불이 꺼진 게 왜 우리 잘못이냐? 몰랐다고 하면 되지."

"하…. 어쨌든 걱정한 거에 대해서 뭐라고는 하겠지."

"야, 걱정 그만하고 서둘러. 그러면 산에서 잘래? 길 알았으니까 빨리 내려가야지."

아이들은 그렇게 산에서 내려왔다. 혼자였다면 못했을 일. 함께여서 무섭지 않았다. 예상한 대로 조금 혼이 나긴 했지만 거의 대부분이 우리들에 대한 걱정에서 비롯된 이야기였다.

20년 후

'탁'

"아 이야기하고 먹는 콜라가 그렇게 맛있다더니."

"그땐 그랬지 ㅋㅋㅋㅋㅋ"

"우리가 이렇게 될 줄 알았겠냐. 하하하."

"내가 왜 애네랑 동업을 선택했는지………."

그렇다. 그들은 대학 졸업 이후 함께 스타트업을 시작했다. 4차 산업혁명 시대에 주목받는 빅데이터 사업을 하게 되었고, 국내의 내로라하는 대기업의 위치까지 오르게 되었다.

규현은 사장 겸 소프트웨어 책임자,

수호는 사장 겸 스포츠 분야 책임자,

주원은 사장 겸 경영가를 맡고 있었다.

지금 앞에는 젊고 유능한 세계적인 기업의 대표가 된 친구들이 앉아있다.

그들은 이때까지의 기술과는 다른 획기적인 빅데이터 사용으로 새로운 포털 사이트를 만들어냈다. 그리고 세계적인 IT기업에서 그들의 포털 사이트를 자신들의 기술과 보안 체계 등과 결합해 보고 싶다며 연락을 한 것이다.

그러면 왜 이런 자리에서 옛날 이야기가 나왔을까?

그들을 부른 세계적인 IT 기업. 바로 동원이 그 세계적인 기업의 대표였기 때문이다. 고등학교를 졸업하고 동원은 바로 유학을 가게 되었고 그곳에서 대학을 다니며 세운 회사가 잘된 것이다. 세상에 이들이 이렇게 될 줄 누가 알았겠는가.

그 수학여행은 이 넷이 사실상 친해지게 된 계기였기에 공적인 이 야기가 끝나고 추억을 회상하다가 나온 것이다.

외모도 성격도 닮은 구석이라고는 전혀 없고 축구·게임·공부 등 관심 분야가 달라 전혀 어울리지 않아 보이는 그들이었고, 처음 엔 서로에 대해 관심이 1도 없었다. 하지만 수학여행, 그중 가기 싫 었던 야간산행이 그들을 이어준 것이다. 어두운 산길을 같이 다녀야 하니 저절로 이야기를 하고, 공통점을 찾으려고 노력하고 어려움을 함께 극복하다 보니 어느새 친해졌다. 그리고 그 우정은 아직도 현 재 진행 중이다.

글을 마치며

작년에 이어 올해도 책을 쓸 기회가 있어서 기쁩니다. 물론 힘들기 도 했지만요. 솔직히 처음엔 작년에 한번 써봤기도 하고, 올해는 주 제가 너무 난해해서 쓰지 말까도 생각했습니다. 하지만 책을 완성 했을 때의 기쁨과 성취감이 저를 다시 움직이고 생각하게 했습니다.

중학생들에게 책쓰기는 자신을 돌아보고 성취감을 느끼는 기회가 된다고 한다.

지난 2월 동아리 친구들과 함께 <중딩들은 반성중>을 펴낸 대구 고산중학교 3학년 김민규군은 '내이름이 박힌 책을 받아 보고선 이게 정말 내가 쓴 게 맞나 하는 신기한 느낌이 들었다'며 나에 대한 이야기를 쓰다 보니 자신에 대해 많이 성찰하는 기회가 됐다고 말했다.

-(작년에 책을 쓰고 나서 한 제 인터뷰 내용입니다 ^^)-

저희 책 쓰기 동아리는 매년 주제가 바뀌고 그에 따라 글을 씁니다. 올해의 주제는 '로딩중/라이팅중'이었습니다.

'로딩'= 필요한 데이터나 프로그램을 보조 기억 장치나 입력 장치로부터 주 기억 장치로 옮기는 일. 이라는 사전적 정의에서 저는 '필요한 데이터나 프로그램'을 제가 중요하다고 생각하는 한 가지인 친구로 해석했습니다.

그 결과 어울리지 않는 네 사람이 어울려 잘되는 모습을 글로 풀어내보고 싶었습니다. 그리고 라이팅은 그들이 함께 빛을 더해서 성장해 나가는 의미로 담아보고 싶었습니다.

이 책에 나오는 주인공들의 이름은 모두 저의 작년 반 친구들입니다. 이 글에 나오는 내용처럼 저와 친구들 모두 원하는 것들 다 잘 이루면서 앞으로도 단단하게 우정을 다지면 좋겠다는 마음으로 글을 마무리하겠습니다. 읽어주셔서 감사합니다.

Q. A.

Enjoy Writing Books

박정훈 (3학년)

중딩,
지금의 나를 소개합니다

◆ **작가명** : 박정훈

◆ **나이** : 16세

◆ **나의 오랜 시절 꿈은?** : 게임 개발자
　　　　　　　　(예전의 꿈은 화가였지만 그림보단 게임 개발이
　　　　　　　　더 재미있고 호기심이 생겨 꿈을 바꾸게 되었다.)

◆ **나의 취미** : 그림, 컴퓨터 프로그래밍

◆ **나의 매력** : 눈매, 눈썹

◆ **이 순간의 가장 큰 관심사** : 게임, 각종 마감들

◆ **요즘 즐겨 듣는 가수와 노래** : BTS-Save me, 지민-lie, 뷔-stigma
　　　　　　　　이승윤-들려주고 싶었던, 이승윤-무명성
　　　　　　　　지구인

◆ **요즘 좋아하는 것들** : 고기, 노래, 그림, 컴퓨터, 게임, 어려운 문제 해결
　　　　　　　　했을 때의 느낌, 방탄소년단

◆ **나와 너를 반짝이게 하는 한 마디** : 내가 즐거운 걸 하자, 나는 즐겁다!

◆ 시작하며

이전부터 글을 쓴다는 것에 대한 어느 정도의 꿈이 있었습니다. 그래서 중학교 3학년 동아리는 책쓰기 동아리에 들어와서 글을 한 번 써 보았습니다. 그런데 글쓰기라는 것이 생각했던 것보다 꽤, 아니 훨씬 어려운 일인 것 같더라고요. (작가님들 진심 존경합니다.)

이 글은 제가 16년을 살아오면서 거의 처음 써 본 소설이라서 좀 엉성한 면이 많을지도 모릅니다. 그래도 재밌게 읽어주셨으면 하는 마음이 있습니다.

제목인 Q.A.는 주인공인 은성이의 직무인 Quality Assurance의 약자와 Question, Answer의 이중적인 의미를 노리고 지은 제목입니다. 제 바람만큼 크게 드러나는 것 같지는 않아서 좀 아쉽기에 이렇게 설명을 합니다.

마지막으로 제가 글을 쓸 수 있도록 격려해주시고 기다려주신 책 쓰기반 사서선생님께 감사하다는 말씀드리고 싶습니다.

그럼 이제 제 이야기는 이 정도로 끝내고 본 이야기로 들어가도록 하겠습니다.

시작해 볼까요?

◆ Q1. 왜 다 여기 있어?

대학을 졸업하고서 입사한 회사의 첫 출근 날이다. 긴장되면서도 설레는 마음을 뒤로한 채 좋아하는 가수의 노래를 들으며 지하철을 타고서 회사에 도착했다.

회사 로비에 들어서자 비로소 내가 직장인이 되었음을 실감하며 앞에 적힌 층수를 보고 엘리베이터를 타고선 내가 배속된 부서실로 향했다.

- 기획부 -

마음속에 차오르는 기대와 설렘, 그리고 떨림을 애써 참은 채 방에 들어가 인사를 시작했다.

"안녕하세요. 오늘부로 기획부에서 일하게 된 이.은.성.이라고 합니다."

인사 후 고개를 들자 어딘가 익숙해 보이는 얼굴이 보였다. 어디서 봤는지 생각하던 사이 그 사람이 말을 걸었다.

"어? 어? 어?! 은성이 맞아?"

익숙한 목소리에 잠시 잊고 살던 예전 기억이 떠올랐다.

"채아… 누나?"

내 말이 끝나기도 전에 사람들이 우르르 들어왔다.

"야, 홍채아! 기획을 이렇게 주면 내가 프로그래밍을 어떻게 하라는 거냐!"

"난 놀러왔어."

"현정이 형? 최미림? 왜 다 여기 있어?"

"뭐야? 넌 이은성? 여긴 우리가 만든 회사니까 우리가 있지!"

"뭐라고?"

잠시 멍해진 나는 뒤로 하고 내 과거를 얘기해 보려 한다.

◆ Q2. 지원하고 싶은 분야는 어디야?

내가 이 사람들과 만난 것은 십 년도 더 된 중학교 2학년 시절의 어느 날이었다.

- 드르륵 -

낡은 나무문에서 거친 소리가 들려온다. 문을 여니 보이는 방의 풍경은 생소했다. 컴퓨터실도 아닌데 벽면에 놓여 있는 여러 대의 컴퓨터, 방 한 쪽에 놓여 있는 글이 빼곡하게 써진 화이트보드, 피아노 건반과 그림을 그리기 위한 태블릿까지 여러모로 무언가 어울리지 않는 조합이었다.

"누구세요?"

문소리 이후 찾아온 적막을 깨는 한마디가 들려온다.

"아, 네. 저. 저는 동아리 지원하러 찾아왔어요."

나는 '게임 동아리'라는 글자가 크게 들어간 한 포스터를 가리키며 얘기했다.

"아하 그렇구나. 그럼 지원하고 싶은 분야는 어디야?"

동아리의 회장으로 보이는 한 여자아이가 말을 건네자 당황하며 말하였다.

"네?"

"?"

잠시 적막이 흐른다.

"여기 게임 동아리 아닌가요?"

"맞는데?"

실없는 대화를 주고받고서 난 의문을 표했다.

"근데 무슨… 무슨 분야요?"

"게임을 제작하려면 어느 분야에 지원 할지, 무엇을 좋아하는지 정도는 알아야 하니까?"

돌아온 질문에 머리가 하얘진 듯했다. '제작'이라는 말은 예상하지 못한 대답이었기 때문이다.

"여기 그냥 컴퓨터 게임 하는 동아리 아니었나요?"

"아… 진짜, 최미림! 내가 홍보 포스터 똑바로 만들랬지!"

뒤를 돌아 누군가를 쳐다보며 약간은 신경질적인 목소리로 소리치자 짧은 대답이 돌아온다.

"죄송!"

"후… 아, 미안. 놀랐지? 우린 사실 게임 제작 동아리야."

"아, 그렇군요. 그럼 안녕히 계세요."

"자, 잠깐! 이렇게 만난 것도 인연인데 여기 앉아봐."

다급한 말투로 나를 붙잡아 세우고 의자를 준비해 앉힌다.

"나는 3학년 홍채아라 하고 이 동아리의 회장을 하고 있어. 저기 의자에 누워 있는 애는 2학년 최미림이고 우리 게임부에서는 웹디자인을 맡고 있어."

"안녕-"귀찮은 듯이 손을 흔들며 말했다.

나는 짧게 고개를 끄덕였다.

"근데 언니, 쟤 여기 넣어서 뭐하게? 게임 제작은 잘 모르는 거 같던데?"정곡을 찌르는 질문에 나도 회장을 쳐다보았다.

"음… 게임 하는 거는 좋아하니?"회장이 물었다.

"네, 뭐 좋아하는 편이죠? 제 자랑 같지만 제법 잘 하구요."

그렇다. 나는 게임을 꽤나 좋아하는 편이다. 학교가 마치고 집에 가자마자 또는 휴일에 일어나자마자 하는 일이 컴퓨터를 켜고 게임을 하는 것이니 말이다.

"그럼 게임은 오래 해도 괜찮아? 어지럽거나 그런 건 없어?"

음, 이런 건 왜 묻는 걸까 생각해도 답을 알 수 없어. 일단 질문에 대답했다.

"네, 뭐."

"그럼 완전 딱이네! 우리 부에서 QA 하면 되겠다." 회장이 박수를 치며 뭔가를 깨달은 말투로 얘기한다. "QA가 뭐예요?" 나는 처음 듣는 단어에 의문을 품었다.

"음, QA라고 게임이나 프로그램 개발 분야에서는 필요한 일인데, 체크리스트 같은 걸 만들어서 우리가 개발해야 할 부분을 확인하거나 오류들을 확인해보는 분야야."

"아~ 그런 거군요. 그래서요?"

"한 번 우리랑 해볼 생각 없니?"

측은한 눈빛으로 처다보며 말했다.

"음… 전 사실 그냥 게임을……."

"안 될까?"

"네, 그럼 할게요. 해보죠 뭐."

"정말? 고마워! 그런데 첨엔 관심 없는 거 같던데 갑자기 왜?"

"그냥, 처음 해보는 거지만 재밌어 보여서요."

"그래, 앞으로 잘 부탁해. 여기, 동아리 신청서야."

"오늘은 애들이 다 가고 저기 농땡이 피우는 애밖에 없어서 혹시 내일 와줄 수 있니?"

회장이 눈빛으로 미림을 가리키며 말하자 작은 목소리가 들려온다.

"쳇– 너무하다."

"그럼 내일 점심시간에 여기와도 될까요?"

"그럼, 당연하지. 그때 오면 애들 소개해줄게."

"네, 안녕히 계세요."

"오케이. 내일 보자. 잘 가~."

다음날

점심을 먹자마자 어제 갔던 동아리실을 향해 걸어갔다. 동아리실에 도착하고 문을 열려고 하자 누군가 먼저 잽싸게 문을 열고 동아리실로 들어갔다. 동아리실 안에는 어제 봤을 때와 달리 제법 많은 사람이 있었다.

"어, 뭐야. 같이 왔네?"

회장이 말을 하자 문을 연 사람이 말하였다.

"엉? 뭐가?"

"뭐야, 같이 온 거 아니었어?"

"아니 그러니까 누구랑."

"저어기 뒤에 서있는 우리 신입부원."

"엥? 우리 신입 받았어?"

어정쩡한 자세로 서있던 나는 입을 떼었다.

"저, 안… 안녕하세요?"

"어… 안녕하세요?"

"푸"

"아, 홍채아 왜 웃어!"

"아니, 그냥 상황이 너무 웃겨서랄까?"

한동안 티격 대던 회장과 같이 도착한 그 사람이 말싸움을 그만두자 회장은 목소리를 가다듬더니 소개를 시작했다.

"크흠, 아무튼. 처음 왔으니까 우리 소개부터 해줄게. 어제 알려준 대로 나는 홍채아, 3학년이고 기획을 맡은 이 동아리의 회장이야."

"사실 뭐, 회장이라 해봤자 하는 건 별로 없지만."

"조용 안 해? 저기 저~ 세상 불만 다 가진 듯한 애는 프로그래밍 담당하고 있는 3학년, 박현정이야."

"잘 부탁한다."

"그리고 누워 있는 저 친구가 어제 봤던 디자인 담당의 2학년 최미림이고,"

"안녕."

"저기 방금 온 키만 큰 친구가 제작하는 게임 속 음악, 음향 담당의 3학년 정재경이야."

"안녕하세요."

동아리실 안에 있던 모두의 소개가 끝나자 쏟아지는 눈빛들에 마지못해 나도 개미만한 소리로 소개를 하였다.

"어, 안녕하세요. 이번에 QA로 들어오게 된 2학년 이은성이라고 합니다."

"자, 자, 박수!"

~~~짝짝짝~~~~

내 말이 끝나고 회장의 지시에 동아리실 안 사람들의 짧은 박수가 지나갔다.

"그래서 오늘 제작은 어떻게 하려고?"

"음, 오늘은 새로 온 친구한테 우리가 진행 중인 프로젝트 구경이

나 시켜줄까?"

현정이 묻자 채아가 답하였다.

"그래. 그럼, 자, 자 이쪽으로 오십시오."

채아의 답을 듣자 현정은 일어서서 내 어깨를 붙잡고 컴퓨터 앞에 나를 앉혔다.

"신입부원님께 오늘 처음 보여드리는 저희 프로젝트입니다. 짜자잔~~~"

자리에 앉자 컴퓨터에 띄워진 한 창이 보였다. 아마 이 동아리에서 만들고 있는 게임인 것 같았다.

"뭐해, 테스트 안 할 거야?"

멀뚱히 자리에 앉아 현정을 쳐다보자 내게 한마디를 하였다.

"아, 해볼게요."

현정의 한마디에 정신을 차리고 게임을 시작했다.

10분 뒤

"어… 어때?"

말없이 게임에 집중해 있던 내게 회장이 걱정스런 말투로 말을 걸어왔다. 잠시지만 내가 아무 말도 없이 너무 빠져 있었나보다.

"와~ 너무 재밌는데요?"

확실히 재미있었다. 그냥 중학생들이 모여서 만들었다고는 생각하지 못할 정도의 수준이었다.

"휴, 진짜 다행이다."

"근데 이렇게 잘 만든 게임에 제가 할 게 뭐가 있어요? 이 정도만 해도 완벽해 보이는데요?"

"칭찬은 고마운데 아직은 제대로 검수 못한 부분들이 더 많아서 그런 부분들만 확인해 주면 돼."

"아, 그런… 넵!"

– 딩 동 댕 동 –

얘기가 재미있었던 것인지 게임이 재미있었던 것인지 시간이 이렇게 흘러간 지도 몰랐다. 점심시간이 끝났다는 종소리가 들려온다. 순간 덜 한 숙제가 떠올라 급하게 선배들에게 인사만 겨우 한 채 다시 오겠다며 교실로 뛰어갔다.

그리고 올라가면서 생각했다.

'별로일까 봐 걱정했는데, 이 동아리 제법 괜찮은데?'

◆ Q3. 넌 꿈이 뭐야?

꽤나 강렬하게 지나갔던 첫 만남 이후 곧바로 시험기간이 찾아와 그다지 만날 만한 기회가 없었다. 그래도 중간 중간 복도에서 마주치면 인사도 하며 얘기를 해서 사이는 꽤나 친해졌다. 비로소 중2 첫 시험이 끝나고 나서야 제대로 된 활동을 할 기회가 찾아왔다. 오랜만에 찾아간 동아리실은 꽤나 분주한 모습이었다.

"뭐지, 왜 이리 바빠요?"

"아, 사실 곧 동아리 1차 활동 보고서라는 걸 내야 하는데 그거 내려면 우리도 게임을 출시해야 해서 좀 빨리 작업하려고."

"아, 그렇구나."

"그럼 나 체크리스트 작성 좀 해봤는데 너는 이것 좀 확인해줄래?"

"네!"

"그럼 체크하고 파일로 좀 보내줄래?"

"알겠어요."

바쁘게 막바지 작업을 하다 보니 중간 중간 쉬는 동안 여러 가지 얘기를 하게 되었다. 그리고 같은 2학년들과는 서먹함도 풀어져서 3학년 선배들과도 제법 편하게 말하게 되었다.

"재경이 형이랑 현정 형은 완전 뻗었네."

"그러게, 쟤네를 좀 빡세게 굴리긴 했지."

"아, 맞아, 전부터 궁금했던 건데 다들 꿈이 어떻게 돼?" 갑자기 미림이가 물었다.

"나? 나는 뭐 그냥 게임 기획자 돼서 좋은 게임 만드는 거?" 채아

선배가 답했다.

"나는 그냥 너무 힘들게 굴리지 않는 회사에 입사해서 즐겁게 프로그래밍 할 수 있는 거?" 현정선배도 답했다.

"난 돈 많은 백수." 질문을 했던 미림이 답했다.

"난 능력 있는 작곡가 돼서 여러 가수들이랑 프로듀싱 작업해보기." 재경이 답했다.

"어? 게임 쪽 업계가 아닌 사람도 있네요?"

"뭐 우리야 그냥 능력 되는 사람이랑 마음 잘 맞는 애들끼리 추억도 남겨보고 경험도 쌓아보려고 한 거니까 딱히 게임 업계가 아니어도 놀랄 만한 건 아니지."

"음, 그런가요?"

"그럼 너는 꿈이 뭔데?"

"저? 저는 원래 딱히 꿈이라 할 건 없었는데, 여기서 활동하면서 게임을 만드는 게 되게 재밌고 나랑 잘 맞는 거 같아서 이쪽 업계로 잡아보려고 생각하고 있어요."

"그래? 어쭈쭈 기특한데? 그래도 너무 쉽게 보진 마라?" 미림이가 픽 웃으며 말했다.

"당연하지, 내 나름대로 많이 생각해보고 내린 결정이야."

"음, 그러면 다행이고, 아무튼 마무리나 짓자."

짧지만 많은 대화를 오가고서 몇날 며칠을 고생하며 마무리한 우리의 게임이 마침내 완성되었다. 학교 내에서 꽤나 좋은 평판을 들은 게임 발매 이후 3학년 선배들이 졸업하고 2학년이던 우리도 곧 졸업하게 되었다.

그후 난 고등학교를 졸업하고 정보 통신 분야를 전공해 대학졸업 후 원했던 한 게임회사에 지원하여 합격하게 된 것이다.

그럼 다시 현재로 돌아와 보자.

사실 난 아직 좀 혼란스러웠다.

"아니, 넌 우리가 만든 회사인지도 모르고 지원했다는 거야?"

"응… 아니… 네… 그렇습니다."(어색하다)

"보통 회사에 대해 알아보다 보면 나오지 않나? 아니다, 이제 이 얘기는 됐고 반가워. 이렇게 되면 예전에 우리가 함께 얘기한 꿈은 이룬 건가?"

"뭐, 그런 걸 수도 있는데 지금은 좀 바뀌어서요. 하하."

"그래? 지금은 꿈이 뭔데?"

"좋은 사람들과 오래 일할 수 있기."

"어랏? 그럼 완전 잘 들어온 거네. 우리 완전 좋은 사람들이잖아. 맞지?"

주위에서 웃음이 퍼졌다.

첫 만남의 계기. 중학교 시절 게임 동아리의 시작은 나의 착각과 실수 때문이었을지도 모른다. 그런데 그 계기가 지금의 나를 만들어 주었다. 이 사람들과의 만남은 내가 어떤 일을 하면 좋을지 생각하는 기회가 되었고, 미래가 되었다.

우리는 인연인가 보다. 앞으로 이 인연을 잘 지키며 좋은 꿈을 가지고 좋은 사람들과 오래도록 함께 하고 싶다. 그리고 아마 그렇게 될 것 같다.

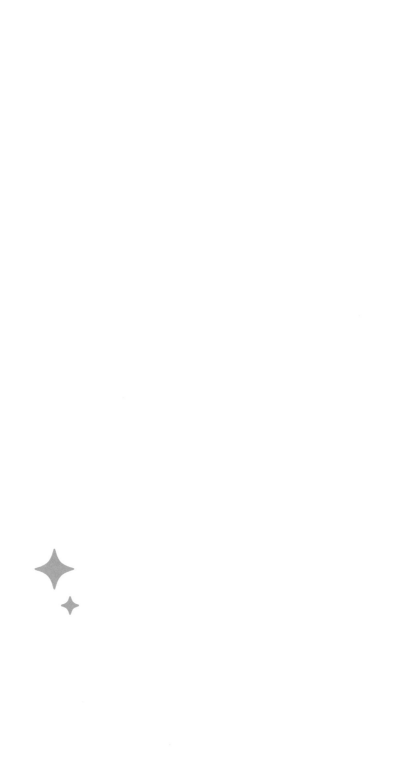

중딩,
영상을 만나다

Enjoy Writing Books

이서현 (3학년)

중딩,
지금의 나를 소개합니다

- ◆ **작가명** : 이서현

- ◆ **나이** : 16세

- ◆ **나의 취미** : 음악 듣기

- ◆ **내가 요즘 즐겨 듣는 노래** : smile again

- ◆ **좋아하는 색깔** : 보라색

- ◆ **내가 좋아하는 음식** : 한식

- ◆ **나와 너를 반짝이게 하는 한 마디** : 힘내자!

◆ 〈셜록〉

코로나 19로 여행을 가지 못하는 요즘. 친구가 너무나도 적극적으로 추천했던 드라마를 여름방학을 맞이하여 정주행하게 되었다. 그 드라마의 이름은 '셜록'이다. 넷플릭스를 볼 때 익숙하게 접할 수 있던 이름이고 유명해서 많이 들어봤지만 그동안은 관심 있게 보지 않았다. 하지만 이번 기회를 통해 시즌1부터 시즌4까지 보면서 왜 그동안 이 드라마를 보지 않았을까 라는 생각이 들었다. 심지어 지금은 '셜록' 시즌5가 빨리 나오기를 애타게 바라고 있다. 만약 누군가 드라마를 추천해 달라고 한다면 '셜록'을 추천해 줄 것이다. 시즌을 거듭하

며 성장하는 인물들의 이야기, 셜록의 추리에 따른 범인 유추 등에 초점을 맞추어 보다 보면 어느새 '셜록' 시즌 5를 기다리는 사람이 되어 있을지도 모른다.

시즌 1에서의 주인공 셜록은 고기능 소시오패스의 능력을 잘 보여준다. 건방지고 무례한 태도로 그를 싫어하는 사람들도 있다. 그러나 셜록이 차갑고 이성적인 머리로 사건들을 해결해 나가는 것을 보면 그의 추리 능력에 대해 저절로 감탄하게 된다. 셜록의 파트너인 존은 전쟁의 충격으로 기억이 아직 전장에 남아있는 인물이다. 그래서 처음 셜록을 봤을 때 셜록과 함께 일하기 힘들어하는 모습을 보이지만 셜록과 함께 사건을 해결해 가면서 셜록을 조금씩 이해해간다. 시즌1에서는 사건들을 셜록의 추리에 따라가면서 범인을 찾아내는 재미가 있다.

이 시리즈에는 셜록 외에도 매력적인 감초 역할의 인물들이 많이 나와서 인물들을 보는 재미가 있는데 특히 모리어티라는 인물이 굉장히 기억에 남는다. 인물의 정체가 충격적(스포 방지를 위해 정체는 이야기하지 않겠다.) 이기도 하고 셜록에게도 많은 영향을 미치는 인물이기 때문에 모리어티에 대해서도 집중해서 보면 좋을 것이다.

시즌 2에서는 셜록의 인간적인 모습이 잘 드러났던 것 같다. 시즌 1에서 자신을 고기능 소시오패스라고 칭하던 셜록은 사람들과 만나면서 사랑, 두려움 등 여러 감정들을 느끼게 되었다. 그리고 항상 사람들과 사물들을 관찰하며 단서를 찾아냈었는데 감정적이게 되는 순간 그렇지 못한 모습들이 나타났기 때문에 셜록의 새로운 모습들을 발견할 수 있어서 흥미로웠다. 또한 시즌2는 결말이 다소 충격적이었기 때문에 '셜록'의 모든 시즌 중 가장 기억에 남았다. (다 이야기해드리고 싶지만 스포를 방지하기 위해서 줄거리는 최소화하겠다.)

시즌 3에서 초점을 맞추어 봐야 할 부분은 셜록의 성장과 변화라고 생각한다. 물론 시즌 2에서도 셜록의 많은 감정 변화를 볼 수 있었지만 이 시즌에서는 존과 메리가 결혼하게 되며 변화하는 셜록의 모습과 태도, 존을 아끼는 셜록의 행동들을 볼 수 있다. 이러한 것들을 통해서 존이 셜록에게 얼마나 소중한 존재인지 다시 한번 느끼게 되었다.

시즌 4에서는 이전 시즌들과 다르게 이어지는 내용들로 구성되어 있어서 살짝 더 집중력이 필요했다. 새롭게 등장한 인물들이 있었는데 한 시즌 만에 이 인물들의 이야기를 끝내려다 보니 조금 아쉬운 부분이 있었다. 그리고 메리의 죽음으로 점점 피폐해져가는 셜록의 모습이 안타까웠다. 시즌4에서도 예상하지 못한 반전들이 많았고 모리어티는 마지막 시즌까지 등장하여 셜록에게 많은 영향을 미치는 역할을 했다.

'셜록'은 평소 추리하는 내용을 좋아하거나 시간이 많을 때 정주행하면서 보기 좋은 드라마를 찾는 사람에게 추천해주고 싶다. 변화하는 인물들과 셜록의 놀라운 추리 능력에 초점을 두면 더 재밌게 볼 수 있을 것이다. 그리고 도서관에 책도 있으니 비교하면서 읽어 나가는 재미도 쏠쏠할 듯하다.

◆ 〈빨간 머리 앤〉

때때로 인생은 가장 어두운 곳에 선물을 숨겨놔요   -ANNE-

'빨간 머리 앤'은 어릴 적 동화책으로 한 번쯤 접해본 적이 있을 것이다. 우리 부모님 세대부터 인기가 많았고, 특히 여학생들이 좋아하는 책이다. 우리 학교 도서관에서 책을 본 적이 있는데 우연히 넷플릭스에서 이와 똑같은 제목의 '빨간 머리 앤'(ANNE WITH AN E) 이라는 드라마를 보게 되었다. 동화책과 같은 내용일 것이라고 생각해서 크게 기대하지는 않았다. 하지만 다 보고 난 뒤 이 드라마는 동화 내용을 바탕으로 하여 그 시대의 시대상과 문제들 심지어는 현재 우리가 생각해 봐야 할 문제들까지 다루고 있다는 생각이 들었다.

시즌1은 아주 유명한 장면인 앤이 매슈 아저씨와 초록 지붕 집으로 가는 장면으로 시작된다. 상상력이 풍부하고 감정 기복이 심하며 말이 많은 수다쟁이 앤의 모습이 처음엔 나도 부담스럽고 힘들었다. 앤은 꿈을 안고 초록 지붕 집에 도착하지만 커스버트네가 원한 것은 사내아이였다. 처음에 이 사실을 알고 슬퍼하는 앤의 모습이 정말 안타까웠다. 그리고 파양 당할까 봐 걱정하는 앤의 모습에 나도 속상했다. 하지만 커스버트네는 조금씩 앤을 가족으로 받아들인다. 앤은 고아라는 이유로 많은 사람들에게 좋지 않은 대우를 받고 힘든 시간을 보내지만 앤 특유의 긍정적인 힘으로 이런 일들을 헤쳐 나간다. 그야말로 씩씩하고 에너지 넘치는 우리가 아는 앤이 되어 가는 것이다.

다르다는 건 나쁜 게 아니에요.
같지 않을 뿐이죠.

— ANNE —

시즌 2 에서는 앤과 친구들의 성장한 모습을 볼 수 있다.

또한 책과는 다른 내용과 다양한 인물들이 풍성하게 등장하면서 더 흥미롭게 볼 수 있었다. 특히 콜, 배시, 스테이시 선생님이 인상적이었다. 콜은 동성애자라는 이유로 아이들에게 괴롭힘을 당하고 배시는 흑인이라는 이유로 차별을 받는다. 그리고 스테이시 선생님은 교육 방식에 대해 불만이 쌓인 학부모들에 의해 학교에서 쫓겨날 위기에 처한다. 이러한 부당한 상황들이 발생했을 때 이들을 도운 앤이 정말 대단하다는 생각이 들었다. 그리고 시즌2에서 앤의 한마디 한마디는 모두 명대사였다.

가장 기억에 남는 대사는 앤이 콜에게 말해준 이 부분이다.

"세상이 네게 뭘 주는지가 아니라 네가 세상에 뭘 주었는지가 중요해. 넌 참 많은 걸 줬어."

이러한 말을 들으면서 앤이 외적으로뿐만 아니라 내적으로도 많이 성장하고 성숙해졌다는 것을 느꼈다.

Hello spring!
may is coming.

다른 누구도 아닌 너만이 너의 가치를 좌우할 수 있어. -ANNE-

시즌 3 에서는 앤이 자신의 뿌리, 즉 자신의 가족에 대해 알고 싶어 하는 모습들이 나온다. 자신의 뿌리와 가족에 대해 궁금해 하는 앤과 가족을 찾으면 앤이 자신을 필요 없는 존재로 여길까 봐 앤의 가족 찾는 것을 반대하는 마릴라 아주머니의 대립되는 입장이 둘 다 이해가 되어서 너무나 안타까웠다.

그리고 앤의 친구 카켓 이야기, 메리의 이야기도 너무 마음 아팠다. 이러한 안타까운 이야기 가운데 앤과 길버트의 엇갈리는 마음에 답답하기도 했지만 결국 마지막에 서로의 마음을 알게 되어 다행이라는 생각이 들었다.

넷플릭스에서 볼 수 있는 '빨간 머리 앤'은 단순히 책의 내용만을 옮긴 것이 아니라 그 안에 그 당시의 사회, 문제들까지 같이 생각해 볼 수 있게 했다. 학교 안에서의 따돌림, 당시 여성과 남성에게 기대됐던 역할과 이미지의 차이, 동성애자에 대한 편견, 흑인 차별, 원주민에 대한 사회적 시선 등 여러 문제들을 다루어 우리에게 다시 상기시켜주었다. 물론 시즌 3 까지 있지만 카켓의 이야기나 앤의 뒷이야기가 나와 있지 않아서 아쉬운 점은 있다. 이것은 아마 열린 결말로 자유롭게 뒷부분을 생각해보라는 제작진 의도일 수도 있지 않을까 추측해본다.

이 드라마 안에서 앤의 부조리하다고 생각하는 점에 대해 목소리를 내는 것, 옳다고 생각하는 것이라면 주류에 반하는 생각과 행동이라도 눈치보지 않고 소신껏 하는 것, 그럼에도 따뜻함을 가지고 있는 것이 대단해 보였고 어쩌면 우리가 가져야 할 이상적인 모습이라는 생각이 들었다. 그래서 어릴 때 '빨간 머리 앤' 책을 재밌게 읽은 사람은 물론 처음 보는 사람들에게도 추천한다. 요즘같이 추운 날 마음 속 가득히 위로와 따뜻함을 느끼고 싶을 때 한편 씩 꺼내어 보기 좋은 드라마이다.

✏️ 글을 마치며

처음에 글쓰기를 시작할 때는 무엇을 써야 할지 막막했다. 그러다 내가 보면서 마음의 힐링이 되었고, 생각이 성장할 수 있었던 영상들이 떠올랐다. 나뿐만 아니라 다른 청소년들도 재미있게 볼 수 있을 것이라는 생각이 든 시리즈들이라서 이렇게 추천을 하게 되었다. 비록 스포 방지를 위하여 많은 부분을 이야기하진 못했지만 직접 이 드라마들을 본다면 더 많은 흥미로운 부분들은 발견할 수 있을 것이다.

마지막으로 요즘 날씨가 쌀쌀한데 마음이 따뜻해지는 영화를 하나 소개하며 마치겠다. 이 또한 넷플릭스에서 볼 수 있는 영화인데 〈클라우스〉라는 영화다. 소통은커녕 싸움이 일상인 한 마을에서 6천 통의 편지를 배달하라는 불가능해 보이는 임무를 받은 우체부와 그 주변 사람들의 시끌벅적한 이야기이다. 크리스마스가 다가올 때 가족과 함께 보기 좋은 따뜻한 애니메이션이다. 긴 겨울방학 동안 위에서 소개한 영상들 재미있게 감상하시기를 바란다.

삶의
힘이 되는 여행

Enjoy Writing Books

이재린 (3학년)

중딩,
지금의 나를 소개합니다

◆ 작가명 : 이재린

◆ 나이 : 16세

◆ 나의 오랜 시절 꿈은? : 약사

◆ 좌우명 : 멍청해보이기를 두려워하지 말라

◆ 나의 취미 : 음악 듣기, 유튜브 보기

◆ 내가 요즘 즐겨 듣는 노래 : 우효 brave

◆ 내가 좋아하는 것 : 도서관, 책

◆ 내가 좋아하는 음식 : 수제비

◆ 나와 너를 반짝이게 하는 한 마디 : 두려워하지 마, 넌 잘하고 있어!

◆ 들어가며

저는 여행을 좋아합니다.

사실 누구나 여행 가는 것을 좋아할 것입니다. 싫어하는 사람은 드물겠지요?

갑자기 닥친 코로나19라는 세계적인 상황으로 여행을 마음 편히 갈 수 없는 요즘, 가끔 마음이 답답하고 힘이 들 때마다 휴대폰 사진첩을 열어 가족과 함께 갔던 여행 사진들을 보곤 합니다. 함께 갔던 사진들을 보면 행복했던 시간을 생각하며 힘든 것을 다 잊어버립니다.

당신에게도 이런 추억이 있나요?

이 글을 쓰며 저의 추억들을 당신과 나누고 싶습니다.

제가 느꼈던 것,

그곳에서 좋았던 기억들,

그리고 어떻게 성장했는지를 돌아봅니다.

중학생인 지금의 내가 될 때까지 가장 빛났던 순간들의 이야기를 통해 당신도 당신의 빛났던 순간을 생각하며 저와 같은 기분을 느꼈으면 좋겠습니다.

◆ **국내여행**

덕유산

덕유산은 무주군에 위치한 국립공원이다. 케이블카를 타고 약 20분 정도 올라가면 덕유산 정상까지 쉽게 갈 수 있다. 정상으로 가는 길에 펼쳐진 아름다운 풍경이 내 눈에 들어왔다.

봄쯤에 갔는데 한창 나무마다 어린 싹이 올라와 온통 연두색으로 가득 찼다. 가자마자 시원한 바람이 불어서 내 마음의 걱정과 근심을 날려주었다. 연둣빛과 하늘, 바람까지. 내 기억 속의 덕유산은 그렇게 남아있다.

정상까지 따라 난 길을 걸으면 넓은 들판도 나왔는데 사람의 발길이 닿지 않은 풀 그대로의 모습이 아름다웠다. 순수하고 깨끗한 모습을 보는 것만으로도 힐링이 되는 기분이었다.

푸른 하늘과 산의 녹색이 어우러져 그 사이의 경계가 없는 듯했다. 마치 그림 같았다. 벤치에 앉아 나도 어린 풀들과 푸른 나무들처럼 아무리 힘든 일들을 겪고 낙담해도 나의 순수한 모습을 잃지 말아야겠다고 생각했다. 마음이 힘들 때 나를 위로해 주는 자연으로 가고 싶다.

제주 절물자연휴양림

중학교에 들어와서 여름 방학에 처음으로 제주도에 갈 기회가 생겼다. 엄마의 친구네 가족이 '제주에서 한 달 살기'를 하셔서 우리 가족을 초대해준 것이었다.

처음 본 제주도의 모습은 예상대로 너무나 아름다웠다. 낮게 쌓인 돌담과 햇빛과 바람이 번갈아가면서 하루를 꽉 채우는 변덕스러운 날씨가 신기했다.

그곳에 머무르는 삼일 중 둘째 날, 우리 가족은 다 같이 절물자연휴양림에 갔다. 제주도의 많은 관광지 중 처음 들어본 곳이었기에 조금 낯선 마음으로 도착했다. 오전 일정이 생각보다 늦게 끝나 휴양림 입장 마감 거의 1시간 전에서야 도착했다. 허겁지겁 입장표를 사고 안으로 들어갔다.

길게 이어진 데크길을 따라 천천히 걸어갔다. 그날도 제주도의 변덕스러운 날씨 때문인지 산 전체에 물안개가 자욱하게 껴 있었다. 나무기둥에 촘촘히 낀 이끼들과 낮고 작은 새싹, 풀들까지 아름답지 않은 것이 없었다.

영화에서나 나오는 신비로운 숲에 와있는 듯했다. 한국 숲에서는 거의 볼 수 없는 길고 높은 나무들이어서 더 그렇게 느꼈던 것 같다.

나무기둥에 있던 이끼들을 만져보니 부드럽고 푹신했다. 이 숲에선 넘어지면 절대 다치지 않을 거란 생각이 들었다. 나도 누군가가 넘어져도 아프지 않을 사람이 되고 싶다. 그리고 나에게 의지할 수 있도록 나도 푹신한 사람이 되어야겠다고 생각하였다. 이끼들처럼 부드럽게 위로의 말을 할 수 있도록 노력해야겠다.

'절물'이라는 지명의 유래는 옛날 이곳에 있던 절 옆에 물이 있었다고 하여 붙여진 이름으로, 현재 절은 없으나 약수암은 남아있었다. 길 따라 걸어가면 다양한 모양의 나무 조각상이 있었는데 특히 그곳에 있는 여러 개의 장승들이 인상 깊었다. 조각에 대한 설명을 읽어보니 절물휴양림에 있던 나무들 중 태풍이나 바람으로 인해 쓰러진 것을 재료로 만들어졌다는 것이 신기하였다. 있는 그대로의 자연을 활용하는 아름다운 예술품이었다. 그래서 그런지 장승들이 대부분 좁고 긴 모양이었다.

휴양림을 한 바퀴 돌고 내려오는 도중에 고라니를 만났다. 고라니는 우리 동네 뒷산에도 있다고 하지만 이야기만 들었던 터라 고라니를 가까이 본 것은 처음이었다. 다가가기 조심스러웠지만 오히려 고라니는 움직이지 않고 태연하게 풀을 뜯었다. 아마 사람들을 그리 무서워하지 않는 것 같았다. 다행히 아무도 고라니를 해하는 행동을 하지 않았기 때문에 우리를 믿고 있었던 것이 아닐까.

어찌 보면 이곳은 그들의 살아가는 공간일 텐데 우리가 침입을 한 것 같아 미안하게도 느껴졌다. 최대한 방해가 되지 않도록 먼발치에서 조심스럽게 바라보고 떠날 때까지 그 자리에서 기다렸으나 한참 동안 가지 않아 우리가 먼저 조용히 자리를 비켜주었다.

자연과 사람이 공존하는 것이 얼마나 감동이 되는지, 그리고 아름다운지를 다시 한번 가슴 따뜻하게 느낀 시간이었다.

◆ 국외여행

미국

2017년에서 2018년까지 가족이 함께 일 년 동안 미국에서 살 수 있는 기회가 있었다. 그때 미국의 초등학교를 다녀본 경험은 나에게 정말 특별했는데 미국 친구들을 사귀는 것도 흥미로웠고, 새로운 문화를 배우는 과정 자체가 나의 관점과 시각을 넓혀주었다. 정말 새로운 세계에 대한 경험이었다.

특히 가족과 시간을 많이 보낼 수 있었다는 점도 좋았다. 한국에서는 서로 늘 바빠서 아침 아니면 밤에만 겨우 볼 수 있었는데 그곳에서는 하루 종일 함께하며 대화할 수 있었다. 그래서 전보다 가족들과 훨씬 친해진 것 같다. 가족과 돈독해진 것만으로도 나에겐 잊을 수 없는 소중한 시간이었다.

지금 생각해봐도 일 년 내내 행복했던 기억으로 남는다. 아직도 그 시간들을 떠올리며 살아간다. 이것이야말로 '삶의 힘'이 되는 진정한 추억인 것 같다. 잠시지만 미국에서 살았던 집부터 다녔던 학교, 만났던 사람들, 새로운 일상까지. 새로운 환경에서 새로운 형태로 살아보는 경험은 쉽지 않은 것을 알기에 지금 생각해도 감사하게 느껴진다.

미국에 있는 일 년 중에서 몇 번은 여행을 할 기회가 있었고, 그중 떠나기 두 달 전에는 사회과부도에서 봤던 미국 서부와 알래스카를 가족과 함께 여행했다. 그중 기억에 남는 곳을 몇 군데를 골라 소개하고자 한다.

Antelope Canyon

Antelope Canyon은 미국 서부에 위치한 협곡이다. 아마 이름은 낯설더라도 대부분이 휴대폰이나 컴퓨터 배경화면으로 본 적이 있을 것이다. 여행하기 전부터 그곳에 직접 가본다는 설렘으로 가득 찼었다. 서부의 날씨는 예상대로 무척 더웠고, 어느 곳이든 끝없이 펼쳐진 도로를 차로 한참을 달려야 도착할 수 있었다.

워낙에 유명한 관광명소라 미리 예약을 하고 작은 소그룹으로 이동하면서 관광했었고, 가이드가 함께 동행해서 장소마다 설명을 들을 수 있었다. 특히 Antelope Canyon은 땅 아래에서 하늘로 뻗은 듯한 협곡이라 햇빛이 가장 강렬한 낮 시간에 보는 것이 아름답다고 해 우리의 일정도 서둘러 그에 맞추었다.

솔직히 사진으로 많이 보아온 협곡이었기에 별로 감흥이 없을 것이라 생각했지만, 그것은 나의 오해였다. 실제로 본 그 협곡은 훨씬 생동감이 있고 정말 멋졌다.

빛이 협곡의 굴곡진 붉은 색 면을 따라서 비춰져 보이는 곡선이 예술적이었다. 진정 인간이 만들 수 없는 자연이 주는 특별하고 황홀한 풍경이었다.

역동적이고 아름다운 붉은 색을 보고 있으니 그곳까지 가느라 지쳤었는데 저절로 힘이 나는 것 같았다. 길고 좁은 길을 따라가는 것이 힘들었지만 멋진 광경을 눈으로 담을 수 있어 너무 좋았다. 사실

멋진 풍경을 보는 것에 정신
이 팔려 험한 길도 힘든 줄
도 몰랐다.

자연에 그렇게 몰입하는 것
은 참 신기한 경험이었다. 우
리가 일상에서 보는 것은 거
의 매일이 똑같아서 일상적인
풍경을 관심 있게 보는 것에

많은 노력을 기울이지 않지만, 그때는 하나라도 더 보고 싶어서 정
말 열심히 봤던 것 같다. 세밀하게 보니 아름다운 것들이 눈에 많이
보였다. 인생 역시 이런 태도를 가진다면 반복되는 생활 속에서도 새

로운 아름다움과 소중함을 찾
아낼 수 있지 않을까?

그런 풍경을 보다 보니 이
제까지 '우물 안 개구리'였던
것 같았다. 여행은 새로운 생
각의 자극이 되어준다는 것을
새삼스럽게 느꼈다.

여행에서 이색적이고 평소
엔 보지 못했던 장면을 보면

내가 너무 작은 세상에 산 것 같은 느낌이 든다. 세상엔 이런 멋진 풍
경이 더 많이 있을 거라 믿으면 인생의 동기부여가 생기는 듯하다.

캠핑카로 알래스카를 일주일간 여행도 했다.

예상은 했지만 생각보다도 훨씬 더 추운 날씨에 놀랐다. 옷을 몇 겹이나 껴입고 단단히 여민 후 여행을 시작했다. 캠핑카 운전은 전적으로 아빠가 담당했기 때문에 나는 그저 앉아서 창밖으로 보이는 풍경을 감상했다. 카메라에 담기만으로는 아쉬운 아름다운 풍경들은 마음에 담아 두려고 노력했다.

초여름인데도 산 위에는 눈이 쌓여 있었고 연두색보다는 진한 녹색이 보였다.

알래스카 내 국립공원에 갔을 때는 만년설이 점점 녹아 없어지고 있다는 것을 볼 수 있었다. 뉴스에서 보던 환경 문제의 심각성을 볼 수 있었다. 해가 거듭할수록 만년설의 경계가 확연하게 줄어들고 있는 것을 눈으로 직접 보니 마음이 아팠다.

평소에는 체감하지 못했던 지구온난화를 느낄 수 있는 시간이었다, '이러다가 만년설이 아예 없어지면 어떡하지?'라는 걱정을 가지기도 하였다. 작은 일이지만 분리수거를 철저히 하고, 플라스틱 사용을 줄여서 더 이상 눈이 녹지 않게 해야겠다는 작은 다짐을 하기도 했다.

알래스카는 여름이 되면 밤 12시가 넘어도 환하게 해가 지지 않는 백야 현상이 나타난다. 새벽이 되어도 환한 것이 너무나 신기했다. 한국에서는 경험할 수 없는 것이었다. 과학 교과서에서만 본 지구가 둥글다고 하는 사실을 몸소 이런 자연환경을 경험하며 알 수 있음이 감사했다. 이런 지구를 사랑하고 아끼는 것이 내가, 그리고 우리 모두가 해야 할 일인 것 같다.

알래스카의 풍경은 보이는 모든 것이 그림 같았다. 산과 빙하가 아름답게 어울리고 진한 녹색의 나무들이 빽빽하게 우거져 있었다. 사람들이 모여 있는 도시도 다르지 않았다. 낮은 건물들이 옹기종기 모여 있었다.

오랜만에 초고층 아파트 없는 아기자기한 도시를 보니 속이 뻥 뚫렸다. 아파트도 많고 고층 빌딩도 많은 도시에 살면서 그 사이에 하늘이 겨우 보이는 환경에 나도 모르게 속이 많이 답답했던 것 같다. 거기서는 주위 어디를 둘러 봐도 하늘이 정말 잘 보였다. 그리고 산도.

어쩌면 우리는 산에서나 들에서처럼 시야가 탁 트인 것을 볼 필요가 있다. 청량한 하늘과 자연을 온전히 그대로 봐야지만 우리의 마음도 안정감을 느낄 수 있기 때문이 아닐까.

✏ 글을 마치며

우리의 삶에는 용기가 필요하다. 서로에게 의지하며 또, 스스로를 다독이며. 하지만 아무리 노력해도 용기가 나지 않을 때에는 추억을 조금씩 꺼내보는 것도 방법인 것 같다. 나의 경우는 가족과 친구와 함께했던 기억을 떠올리면 살아갈 힘과 용기를 얻는다. 그리고 그 기억 속에 큰 부분이 바로 여행이다.

이 글을 쓰며 추억을 회상하는 일이 참 행복했다. 평소에도 옛날 생각을 자주 하곤 했지만, 본격적으로 사진을 찾아가며 기억을 하진 않았었기 때문이다. 휴대폰 속에 저장된 사진들을 찬찬히 보자 그때의 감정과 느낌을 생생하게 기억하게 되었고, 그때로 돌아간 것 같이 느껴지기도 했다.

글을 쓰며 체감하는 이런 과정은 삶에서 꼭 필요한 것 같다. 절대 긴 글이어야만 하는 것은 아니다. 내가 동아리 활동으로 쓴 이 글들도 짧은 기록들이다. 그렇지만 생각만 하는 것에 그치지 않고 이렇게 글로 정리하니 그 추억들이 더 오래 갈 수 있었다.

그러니 이 글을 읽은 당신도 당신의 추억을 꺼내 보고 한 줄 글쓰기를 시작해 보는 것은 어떨까. 어떤 추억은 달고 어떤 것은 쓸 수 있다. 하지만 그것들을 추억하는 것만으로도 당신은 더 행복해질 수 있기 때문이다.

SSS급 능력자 + 부록

Enjoy Writing Books

장예준 (3학년)

중딩,
지금의 나를 소개합니다

◆ **작가명** : 장예준

◆ **나이** : 16세

◆ **나의 꿈은?** : 의사 (아니면 군인, 축구선수)

◆ **나의 취미** : 축구, 웹툰, 인스타

◆ **즐겨 보는 웹툰** : 캐슬, 중증외상센터 – 골든아워

◆ **내가 요즘 즐겨 듣는 노래** : 사랑하나봐 (웨더, 갓튼),
Ohayo my night (디핵)

◆ **내가 좋아하는 가수** : 아이유, BTS, 창모

◆ **내가 좋아하는 음식** : 고기, 떡볶이, 아이스크림

◆ **나와 너를 반짝이게 하는 한 마디** : 아자아자 파이팅!

◆ 시작하며

작년에 이어서 올해도 책쓰기 동아리에 가입했다.

　3학년 도서부라서 하게 된 점도 있지만 이왕 가입한 김에 열심히 해볼 생각이다. 솔직히 처음에는 다른 친구들이 영화를 보고 볼링장 가고 축구하러 가는 게 너무 부러웠다, 다른 친구들은 놀러 다니는데 나는 왜 도서관에서 하루 종일 있어야 할까? 라는 생각도 들었다. 그렇지만 도서관에서 하는 활동들은 생각보다 훨씬 재미있었고, 나의 미래의 추억을 위해 글을 쓰는 것도 제법 의미 있었다고 생각한다. 올해는 친구들의 의견이 잘 모아지지 않았다. 그래서 주제가 너무 많이 나왔다. 로딩중, 라이팅중, 수면중, 꿈꾸는 중 처음에는 주제가 다양하고 어려워서 포기하려고 했었다. 도저히 쓸 엄두가 나지 않았다. 하지만 쉽게 생각하기로 했다. 무엇이든 내가 좋아하는 글을 쓰는 게 가장 좋은 거라는 선생님 말씀에 따라서 말이다.

그래도 2번째라고 쓰기 쉬울 줄 알았지만 역시 책 쓰기는 어렵다. 이번에는 내가 평소에 게임을 좋아하고 한 번쯤은 내가 세상에서 제일 강하면 어떨까, 내가 초능력자면 어떨까라는 생각을 하고는 했던 그 마음을 소설로 풀고 싶어서 쓰게 되었다. 다소 많이 엉뚱하고 당황스러울 수 있지만 재미있게 읽어주셨으면 좋겠다. (* 일부 실제 게임 용어를 사용하기도 함.)

◆ CHAPTER 1

능력자의 등장

자 -

이 이야기를 어디서부터 시작해야 할까?

엄청난 비밀이지만 사실 나는 전 세계에서 가장 강한 SSS급 능력자이다. 이날은 평소와 똑같은 날이었다. 약간 특별한 일정이 있었다면 여름방학 개학식이었다. 평소처럼 수업은 했지만 개학날 이라 4교시만 하고 마쳤다.

집에 가보니 세상에 우리 집에 아주 큰 운석이 박혀 있었다. 지름이 족히 1m는 넘어 보였다. 세상에 이게 무슨 일이람. 운석에는 연기가 나고 있고 금방 충돌했는지 빨간색이었다. 집이 부서지지 않고 이렇게 박혀 있는 게 신기했다. 너무 놀라 바로 인터넷에 운석을 검색했는데 전 세계 각지에서 운석이 날아 왔다는 뉴스가 속보로 나오고 있었다. "지금까지 발견된 것은 모두 300여 개로 앞으로 몇 개가 더 발견될지 알 수 없습니다. 혹시 우리나라에서도 운석이 발견될 수도 있습니다. 운석을 만지면 이상한 메시지가 뜬다고 하니 발견 시 바로 신고해 주십시오."

나는 이 뉴스를 보고 바로 경찰에 전화를 했다. "거… 거기 112죠? 저희 집에 운석이 떨어졌어요!!!" 경찰은 과학수사대와 함께 바로 출동 한다고 했다. 기다리는 초조한 시간. 너무 궁금한 나머지 운석을 살짝 건드려봤다. 그러자 내 손이 인식되면서 내 앞에 마치 게임 같은 메시지가 떴다.

「당신은 선택받은 자. 그중에서도 최상으로 선택받은 능력자 중 한 명입니다. 지금부터 3개의 SSS급 랜덤 스킬 중 하나를 선택할 수 있습니다.

1. 군주의 지배(0.00001%)

2. 서리 화살(15%)

3. 바람의 검(20%) 등

단, 이 스킬들은 최초 발견자만 사용 가능.」

아니 이게 무슨 말이란 말이란 말인가? 정말 게임인가? 날 놀리는 건가? 그리고 전 세계에서 선택받은 50명 중 한 명이라니. 세상에 이럴 수가.

나는 1초의 고민도 없이 바로 군주의 지배를 골랐다. 확률이 0.00001%인 게 마음에 들었기 때문이다.

잠시 후 경찰이 들어왔다. 그리고 바로 이 질문부터 던졌다.

"혹시 운석을 만지셨나요?"

"네… 아주 아주 끝에만 살짝 만졌는데요."

그러자 경찰이 무전으로 "치이익- 여기 접촉자 발생 바로 이동하겠습니다. 잠시 따라 오시죠."

그러면서 나에게 수갑을 채우고 나를 어딘가로 데리고 갔다. "어디로 가는 거죠?" 물었지만 경찰은 아무 대답도 없었다.

그리고 난 영문도 모르는 채 전용기를 타고 미국으로 가게 되었다. 미국 백악관에 들어가니 나와 같은 50명의 사람이 있었다. 인종도 국적도 모두 다른 사람들이었다.

들어가자 나에게 긴급 미션이 떴다.

「군주의 지배 : 다른 사람의 스킬을 카피할 수 있는 스킬

긴급 미션 : 다른 사람의 몸을 터치해 모든 사람의 스킬을 빼앗으십시오.

단, 레벨이 높아질수록 난이도가 올라감.」

나는 이 미션을 보고 바로 실행에 옮겼다. 으앗. 신기하다. 평소에 게임을 열심히 했더니 이런 미션을 바로 이해할 수 있었다. 길을 지나가는 척하면서 몸을 살짝살짝 건드리면서 스킬을 모두 카피했다. 총 50개의 SSS급 스킬을 받았다. 그리고 잠시 후 한 명씩 어딘가로 부르는 듯했다. 나는 41번째로 호명되었다. 나를 낯선 그 사람을 따라 체육관 같은 곳으로 이동했다. 거기 가보니 한쪽 구석에 책상 한 개가 있었다. 거기 앉으니 질문이 시작되었다.

"어떤 스킬을 얻었습니까?"

질문을 받고 내 머릿속은 복잡해졌다. 나의 스킬은 정말 희귀한 스킬인데 알리는 게 맞는 걸까? 라는 생각에 거짓 대답을 하기로 마음먹었다. "저는 바람의 검을 얻었습니다."라고 말하자 옆에 서있던 한 사람이 말했다.
"거짓말입니다."

"아, 미리 말씀드리지 못해 죄송합니다. 이 자는 다른 사람이 거짓말 하는 걸 간파할 수 있는 능력자입니다." 나는 이 말을 듣고 '환각' 스킬을 썼다. "저는 사실 '어둠의 통로' 스킬을 가지고 있습니다." 내가 말하니 정부 요원이 잠깐 뒤를 보더니 다시 얘기를 했다.
"오늘은 이쯤만 확인하고 보내드리죠. 갑작스럽게 모셔서 죄송합니다."

그리고는 그냥 나를 다시 한국으로 가도록 안내했다. 세상에 무슨 일인가? 그냥 나를 테스트해보려고 한 것인가. 확인만 하는 거라고? 겨우 이 정도면 왜 부른 것일까? 의아했지만 신기한 경험이라 참기로 했다.

그리고 다음날도 똑같은 학교생활이었는데 모든 사람들 앞에 홀로그램으로 된 메시지가 떴다. 혹 내 눈에만 보이는 건가?

「지금으로부터 24시간 뒤 게임이 시작됩니다.」

이 메시지가 뜨고 우리는 모두 하교했고 뭘 해야 할지 모르는 채로 나는 가만히 집에 있었다. 집에는 어제 운석이 떨어졌는지도 모르게 깨끗이 정리되어 있었다. 엄마는 이 집에 안 좋은 기운이 생길 수도 있다고 이사나 이민을 떠나자고 했고 아빠는 믿지 않는 모양이었다. 그렇게 하루가 끝나고 다음날 게임? 이라는 게 시작되었다. 그런데 아무 일도 일어나지 않자 아빠는 괜찮다고 우리를 안심시키고 있었다. 그런데 갑자기 또다시 메시지가 떴다.

「지금부터 1차 시나리오를 시작하겠습니다. 전 세계에 있는 여러분들 중 일부는 E, D, C, B, A, S, SS의 등급의 스킬 중 하나의 스킬을 고를 수 있습니다. 단 이미 SSS급 스킬을 얻으신 50명은 고를 수 없습니다.」

나는 바로 밖을 내려다봤다. 밖에는 다른 시공간과 연결되는 구멍이 생기고 있었다. 이것이 그 말로만 듣던 블랙홀인가? 아닌가? 그 구멍이 클수록 강한 몬스터가 나온다는 것이고 3일이 지나면 구멍 안에 있던 몬스터들이 외부 세계로 나온다고 한다. 구멍 내부에는 다양한 환경이 있고 몬스터의 종류도 모두 다르다는 것이다. 그리고 우리는 이러한 구멍을 '그래비티 홀'이라고 불렀다. 왜냐하면 처음 던전에 들어갈 때 중력이 없는 기분이기 때문이다.

◆ CHAPTER 2

미국의 '파이어퓨리' 사건

다음날 뉴스가 나왔다. "여러분들 중 S급 이상의 능력을 얻게된 분들은 모두 인천국제공항으로 모여 주시기를 바랍니다." 나는 엄마, 아빠에게 진실을 말했다. "엄마, 아빠 전 사실 SSS급 능력자예요. 그래서 가야 돼요. 선택받은 사람 같아요." 말했더니 너무나 놀라셨다. 그리고 처음에는 계속 말리시더니 이건 세계를 위한 일이라고, 나에겐 능력이 생겼으니까 걱정하지 마시라고 계속 설득하니까 결국 허락을 해주셨다. 인천 국제공항에 도착하니 나 말고도 몇몇 사람들이 있었다. 여기서 보니까 SSS급 능력자는 나 하나이고 SS급 능력자는 3명, S급 능력자는 10명이었다. "여기 SSS급 능력자님 있으십니까?"

소심하게 "저… 전데요."라고 말하자 모든 사람이 쳐다봤다. "지금부터 혹시 총책임을 맡아주실 수 있겠습니까? 지금부터 S급 능력자 10명을 제외한 나머지 분들은 미국으로 가야 합니다. 미국에 지름만 10m가 넘는 그래비티가 나타났다고 해서요."

겨우, 이제 중학생인 내가 리더? 책임자? 당황스러웠지만 내심 기쁘기도 했다. 언제 이런 능력을 또 얻어 본단 말인가.

"아~~ 네! 알겠습니다."

당차게 말했지만 솔직히 속마음으로는 '꼭 가야 되나?', '잘할 수 있겠지? 못하면 어쩌지', '너무 설렌다'로 복잡했다.

"지금부터 SS급 능력자와 SSS급 능력자는 모두 미국으로 가겠습니다." 이 말을 듣고 당연히 반발하는 사람들이 있었다. "우리가 왜 갑니까?", "왜 가는 데요?", "이유는 알려 주셔야죠!" 등 다양한 불만들이 섞여 나오자 나는 '살기' 스킬을 쓰면서 한마디 했다. "지금부터 떠들거나 반발하지 마십시오."라고 말하자 모두들 조용해졌다.

다음날 우리는 바로 미국에 갔다. 미국에 가니 기다리던 직원들이 우리를 백악관으로 안내했다. 나의 '염탐' 스킬로 봤을 때 SSS급은 24명, SS급은 42명, S급은 대략 180명쯤 보였다. 그리고 나는 돌아다니면서 스킬들을 부지런히 카피했다.

잠시 후 우리는 바로 설명을 들었다. 각국의 사람들은 즉시 통역되는 기계를 이용해 들었다.

"그래비티 홀이 발생한 지 오늘이 2일차이며 빨리 처리를 해야 합니다. 크기로 봤을 때 SSS급은 될 것 같습니다. 이미 저기 들어간 SSS급 능력자 5명이 돌아 나오지 못했으며 내일 몬스터가 나왔을 때 모두 함께 공격해야 할 것 같습니다." 뒤로 우리 모두는 뉴욕 한 중앙에 있는 그래비티 홀을 보러 갔다. 그래비티 홀의 크기는 정말 컸다. 들었던 10m가 아니라 100m는 족히도 넘어 보였다.

그렇게 두 번째 날은 지나가고 세 번째 날이 되자 그래비티 홀에서 엄청나게 큰 드래곤들이 한꺼번에 쏟아져 나왔다. 이 전투는 최근 5년 동안 가장 큰 사건이자 사고였다. 아니 세계 역사 속에서도 꼽을 수 있는 큰 사건일 것이다. 이 드래곤의 종족 이름은 바로 파이어퓨리였다. 그 역사적인 현장에 나도 있었다.

이 드래곤들은 포악했고 엄청나게 많은 피해를 줬다. 싸움은 치열하고 길었다. 다행히 거의 대부분의 시민들은 모두 대피해서 인명피해는 막았지만 시민을 보호하고 피해를 막기 위해 많은 능력자들이 사망했다. 그리고 이 사태에서 살아남은 SSS급 능력자 5명에게는 '국가권력급'이라는 칭호가 붙었다. 그중에는 물론 나도 있었다. 그리고 나는 나의 스킬에 담긴 하나의 비밀을 알았다. 파이어퓨리를 죽이고 나에게 메시지가 떴다.

「군주의 지배 : 죽은 몬스터를 본인의 병사로 만들 수 있음」

그래서 나는 바로 파이어퓨리를 나의 병사로 만들었다. 도시는 폐허가 되었지만 다행히 이 급작스러운 전쟁은 끝났다.

◆ CHAPTER 3

능력 강화

나는 세계적인 능력자 명단에 올랐다. 한국에 돌아오자마자 여러 능력자들을 만나고 더 많은 스킬을 카피했다. 그리고 우선 3년 동안 우리나라를 돌면서 우리나라에 있는 모든 그래비티 홀들을 돌면서 모두 파괴했다. 우리나라의 안전을 위해서. 그리고 나는 이 그래비티 홀을 다니면서 군주의 지배로 모든 몬스터들을 나의 병사로 만들고 다녔다. 그럼에도 2034년 우리나라에도 SS급 그래비티 홀이 갑자기 발생했다. 한라산 안 깊숙하게 있어 3일 동안 발견되지 않던 그래비티 홀에서 많은 개미 몬스터가 쏟아져 나왔다. 하필 이때 전세계 능력자 총회(PHC: Physical power Human Committee)에 참가하기 위해 한국 상황을 몰랐다.

내가 없는 한 달 동안 상황은 점점 악화되었다. 제주도가 점령당하고 짧은 시간 동안 개미들은 점점 강해졌다. 심지어 초고도 초고속으로 날 수 있는 개미로 진화하여 나타나고 있었다. 나는 한국의 다른 대원 팀과 개미 소굴로 들어갔다. 밖에서 한국 능력자들이 시선을 끌고 개미들이 모두 밖에 나와 있는 틈을 타 나는 개미굴 내부의 호위병들을 모두 죽이고 여왕개미를 죽였다. 그동안의 훈련과 우리의 단합력으로 예상보다는 쉽게 상황이 해결되었다.

그런데 죽기 직전 여왕개미가 마지막 신호를 보냈고 다른 차원을 만들어 냈다. 차원의 홀로 다른 개미 한 마리가 들어왔다. 그 개미는 정말 강했다. 밖으로 나오기 전에 그 개미를 없애기 위해서는 나도 그 홀에 들어가야 한다고 생각했다. 그래서 두려웠지만 들어갔다. 그리고 내가 가진 기술로 그 개미의 외골격을 공격하기 시작했다. 그리고 화염스킬을 이용해 날개를 태워 버리고 검객 스킬로 급소를 공격했다. 거의 죽었다고 판단될 때 쯤 상처 입은 나에게는 치유 스킬을 바로 썼다. 그리고는 밖으로 서둘러 뛰어나왔다.

◆ CHAPTER 4

왕의 대화

개미몬스터가 우리나라를 벗어나 인근국 일본으로 도망갔다고 보고가 들어왔다. 나는 바로 그 개미를 잡으러 갔다. 하지만 그 개미는 순식간에 일본을 거치고 또 다른 나라를 휩쓸기 위해 이동 중이었다. 나는 곧바로 따라가 다시 전투를 시작했다. 먼저 개미의 갑옷처럼 검고 단단한 골격부터 부수기 시작했다. 개미의 골격이 돌처럼 으스러지더니 부서지기 시작했다. 그리고 개미가 치유스킬을 쓰지 못하게 순식간에 마무리했다. 그리고 그 개미를 나의 병사로 만들자 갑자기 어디에서 소리가 들렸다.

"그대는 뭘 위해 싸우는가?"
"너는 누구냐?"

"나는 선의 왕이다."

"너희가 우리를 이렇게 만들었냐?"

"아니 악의 왕들이 이렇게 만들었다. 내 그대와 그대의 민족과 그대에게 미안하니 그대가 원하는 것 한 가지를 말해 보거라."

"나는…. 시간을 되돌리고 싶다. 이 일이 시작되기 전으로. 다시 전 세계가 평화로워졌으면 좋겠다."

"그래 그럼 들어주지. 후회하지 않겠나? 이 일을 모두 되돌리면 너는 악의 왕들과 맞서야 할 텐데. 그리고 너의 능력도 모두 없어질 테고 말이다."

"안다. 하지만 너무 많은 희생이 있었다. 난 모든 걸 포기할 수 있다. 모두가 다시 평화로워지기를 바란다."

"알겠다. 돌려보내 주지."

그리고 나는 5년 전으로 돌아왔다.

그때 나는 선의 왕에게 도움을 받아 악의 왕들과 싸우러 갔다. 그때는 다행히도 악의 왕들이 힘이 많이 약해져 있어서 쉽게 이길 수 있었다. 그리고 나는 다시 평소대로 돌아왔다.

이 모든 것이 꿈만 같다. 내가 초능력을 얻었던 것도, 세계를 위해 싸웠던 것도. 영웅이 된 것도.

지금은 그냥 평범하게 살지만 말이다.

- 1부 SSS급 능력자 끝 -

부록 - 나의 성장기

지금부터 SSS급 능력자와는 전혀 다른 너무나도 평범한 나의 성장기를 쓰도록 하겠다. 잘 쓰기보다는 지금 기억하고 있는 것들을 기록해 두고 싶어서이다.

나는 2006년 10월 3일 개천절에 태어났다. 내가 태어날 때 나는 머리가 커서 엄마는 수술을 하셨다고 한다. 그래서 참으로 죄송하기도 한 날이다. 그다음으로 내가 돌도 지나지 않아 사고가 나게 된다. 엄마와 어디 갔다 오고 택시에서 내릴 때 택시 창문에 눈 위를 세게 부딪쳐서 눈 위가 찢어졌던 것이다. 그래서 엄마는 가까운 중형 병원에 갔는데 아이가 어리고 상처가 깊어 치료가 안 된다고 해서 대학병원에 가서 눈 위를 꿰맸다. 엄마를 마음 아프게 한 나의 첫 상처였다. 내가 4살 때쯤 나는 기억이 나지 않지만 나는 폐렴에 걸렸다. 그래서 병원에 입원을 했는데 엄마 말로는 그때 내가 5일 정도 입원했다고 하는데 그때는 외할머니가 나를 간호해 주셨다고 한다. 폐렴에 걸리면 계속 가래가 나와서 할머니가 밤새 나의 등을 계속 두드려 주셨다고 한다. 밤새도록 나를 간호하고 지켜봐주신 외할머니께 감사드린다. 4살 때 나는 잠시 할머니 집에 살다가 울진으로 이사를 가 부모님과 함께 살게 된다.

어렸을 적 기억으로는 7살 때쯤 내가 한글을 잘 몰라서 아빠가 가르쳐 주셨는데 그때 아빠가 화를 내면서 엄청 엄하게 가르쳐서 2주 만에 완벽히 한글을 다 뗐다고 했다. 둘째로 기억나는 것은 내가 울진남부초등학교에서 우리 집까지 걸어 간 게 기억이 난다. 그때 운동회 때문에 엄마는 나에게 달리기 연습을 하라고 했고 하기 싫다고 계속 싸우다가 말도 하지 않고 집까지 걸어갔다. 엄마 말로는 그때 내가 그냥 가버려서 엄마, 아빠가 한참 찾았다고 했다. 엄마, 아빠는 내가 차타고도 거의 20분이 넘게 걸리는 거리를 어떻게 찾아갔는지 신기하다고 했다. 셋째. 아빠 말로는 내가 6살 때 자동차와 공룡에 관심이 많아서 지나가던 자동차 이름을 다 말하고 다녔다고 한다. 지나가던 차를 모두 다 말하는 내 모습이 정말 귀여웠을 것 같다.

지금도 좋아하지만 초등학교 시절 나는 축구를 참 좋아했다. 그래서 점심시간마다 밖에 나가서 1살 많은 형들과 축구를 했다. 거의 대부분 지기는 하지만 가끔씩 이길 때도 있었다. 그리고 한 가지 생각나는 게 있는데 우리 팀이 스로잉 파울을 했는데 형들이 너무 우겨서 패널티킥을 했던 게 기억이 난다. 아빠께서 같은 반 친구와 디스코 팡팡을 가라고 5,000원을 주셨는데 내가 그 돈을 모두 공룡 카드 사는데 써서 혼난 기억도 머릿속을 스쳐지나간다.

3학년 때 나는 부모님 두 분이 모두 교사여서 우리나라의 대표적인 섬 울릉도로 전학을 가게 된다. 울릉도까지는 배를 타고도 3시간 30분이 걸렸고 섬에서는 전에 살던 집보다 많이 좁았다. 그리고 집 앞에 피아노 학원이 있었는데 그 학원에 다녔다. 그때 학원  선생님이 무서워서 매일 가기 싫었던 거 같다. 지금 생각해보면 잘 다녔었다 싶기도 하고, 가끔 생각도 나는 곳이라서 온라인 포털 로드뷰로 찾아보기도 했다.

또 기억나는 것은 우리 집이 1층이라서 밤마다 뒤뜰에 고양이가 와서 구경한 것도 기억난다. 3층에 살던 누나와 그 누나 동생과 타임캡슐 묻은 것도 기억이 난다. (지금 생각하니 타임캡슐이라니-너무 귀여운 초등학생이었다.) 지금도 잘 있을지는 모르겠다.

사진은 공개된 로드뷰 자료이다. 이곳 여기 1층이 우리 집이었다. 우리 집 뒤쪽 산으로 올라가면 제법 유명한 성인봉으로 연결되는 코스의 등산도 할 수 있다. 그래서 등산도 많이 다녔다. 그리고 집 옆에 작은 공간이 있어서 아빠는 작게 농사를 짓기도 하셨다.

전학을 간 울릉초등학교에서 아빠 지인 선생님께서 담임 선생님이었는데 그 선생님은 날씨가 좋으면 축구하러 나가기도 했다. 3학년 때는 1반, 2반이 있었는데 나는 2반이었는데 어떤 종목이던 우리 반이 이겼던 기억이 난다. 그리고 이때는 운동장이 인조잔디라서 안전하게 축구를 하기도 좋았고 늘 운동장에서 놀았던 덕분인지 3학년 때는 달리기를 잘해서 울릉도 대회에 나가서 50미터 1등을 하기도 했다.

학생 수가 적어 4학년 때는 한 반으로 통합되었다. 그때 교장 선생님과 음악 줄넘기를 하거나 공연도 많이 했다. 굉장히 화목한 학교 분위기였다. 특별히 기억나는 건 월요일에 음악 줄넘기를 마치고 선생님 학예회 준비 소품 만든다고 도와 드리러 갔다가 선생님이 없어서 여자애 2명과 내가 있었는데 이때 처음 나에게 여자 친구가 생겼다는 것이다. 사실 딱히 달라진 것도 없었고 그냥 모든 친구들과 같이 놀고 똑같았지만, 나의 인생에서 중요한 기억에 남는다. 그리고 내 여자 친구를 좋아하던 다른 친구가 그날 이후로 나에게 항상 시비를 걸었었다는 것도 기억난다.

5학년 때는 아빠가 가족 외식을 하거나 약주를 한잔씩 신비섬이라는 식당(좋은 기억이라 실명을 썼다. 아직도 있을까?)에 가면 거기 사장님 아들이 있어 나와 친했던 생각이 난다. 나와 음악 줄넘기 파트너를 했고 단짝 친구여서 그 친구와 서로 집에서 같이 자기도 하였다. 5학년 때는 친구들 집에서 많이 자고 이때 울릉도 우리 집에서 가까운 곳에 롯데리아 햄버거 집이 생겨 배드민턴이 끝나고 가서 친구들과 가서 햄버거를 먹기도 하였다. 아, 5학년 때는 친구들과 함께 육지에 나온 적도 있었다. 그때 외할머니 집에 들렀다. 그때는 할머니와 이모가 같이 살았고 할아버지는 당진에 일을 하고 계셨을 때이다. 그때 이모가 아이스크림 케이크를 사줘서 신나게 같이 먹고 다음날 만화 축제 하는데 가서 만화책을 사기도 했다. 그리고 우리 할머니 집에도 갔다. 그리고 다음날 울릉도로 다시 돌아가는데 짧았던 일정을 정말 아쉬워했던 모습이 떠오른다.

　우리 가족은 포항 여객선 터미널에서 썬 플라워라는 배를 타고 울릉도로 갔다. 울릉도에서 다른 곳을 이동할 때도 배를 타야 하는데 특히 4학년 현장체험 학습으로 독도를 갔다. 그때 파도가 제법 높아서 배가 정말 많이 흔들렸던 기억이 난다. 그리고 독도에 도착해서 음악 줄넘기 공연을 했고 4학년, 5학년, 6학년이 독도 사랑 내용의 플래쉬몹 공연을 했다. 그때는 참 부끄러웠는데 지금 생각해보니 정말 좋은 추억이다. 5학년 때는 날씨가 너무 안 좋아서 독도 가는 건 취소되고 죽도에 갔다. 죽도에는 지난번에 인간극장에 나왔던 부부와 강아지도 실제로 보았다. 울릉도에는 겨울에 항상 눈이 많이 온다. 눈이 나의 허리까지 온 적도 있다. 그런 날에는 나가서 썰매를 타고 논다. 어떤 날은 학교 앞에서 형들하고 학교 정문 계단 있는 곳에 눈이 많이 쌓여서 거기서 썰매를 탄 적도 있다. 다음 사진은 울릉도에서 내가 찍은 우리 집 뒤의 사진이다. 저 날도 눈이 엄청 많이 왔었다.

4학년 때는 독도 전망대를 제작하신 분의 아들이 나의 친구라서 그 덕에 함께 케이블카를 타고 올라가서 아이스크림을 먹기도 하였다. 무엇이든 특별한 경험과 공짜는 기억에 잘 남는 것 같기도 하다. 우리 학교에서는 4학년, 5학년이 되면 1주일 동안 스키 캠프를 갈 수 있었다. 4학년 때는 멀리 하이원 리조트에 갔다. 가는 길에는 친구들과 노래를 듣고 같이 갔다. 이때 선생님께 허락을 맡고 첫날에 숙소에 친구들끼리 치킨을 시켜 먹었다. 저동초등학교 애들은 보쌈을 시켜 먹었다. 정말 꿀맛. 얼마나 맛있었는지 모른다. 다음날 스키 강의 듣고 스키 타고 밥 먹고 자유시간도 있어서 숙소에 가서 게임 시간도 가졌다.

5학년 스키캠프 때는 선생님이 정말 좋으셔서 우리를 너무 사랑하신 나머지 숙소에 선생님과 계속 같이 지내서 몰래 밤을 새지도 다른 방 친구들에게 놀러 가지도 못했다. 그건 좀 아쉽다. 특히 선생님은 나와 가장 친했다. 아직까지 번호는 있지만 따로 연락은 잘 안 한다. 왠지 부끄럽다. 선생님이 먼저 연락 주시면 정말 반가울 것 같기도 하다. 그래도 내가 해야겠지?

나는 초등학교 때 과학을 좋아하는 편이었는데, 4학년 때는 항공 우주부문에서 교내 3등을 했고, 5학년 때는 교내 대회 2등으로 군 대회에 나가서 1등을 하고 도대회에도 나갔다. 아쉽게 3등을 해서 전국 대회까지는 못 나갔지만 무척 좋은 경험이었다. 내가 울릉도에서 나오는 해에 학교에 멋진 체육관이 지어지고 있었다. 나는 완성된 모습을 보지 못했다. 아쉬운 마음에 로드뷰를 통해 찾아보니 동그라미 친 부분이 체육관이다. 아, 한번 가보고 싶다.

울릉도에서 떠나야 하는 해에 나는 2주 영어 캠프 때문에 일찍 나왔었다. 친구들에게 모두 작별인사를 했는데 배가 안 떠서 못 갔다. 만약 다음날도 못 나가면 나는 영어 캠프를 아예 못 가는 상황이었는데, 다행스럽게 출발했다. 하지만 배는 떴지만 엄청나게 흔들렸다.

나는 사촌과 같이 양평 영어 마을에 가서 캠프에 참가했다. 나는 엄청 영어를 못하던 시절이라서 점수가 낮은 반에 배치되었다. 거기서는 영어로 수업하고 친구들과 같이 생활했다. 가장 기억에 남는 것은 마지막 날에 공연을 했는데 내가 친구들과 빅뱅의 뱅뱅뱅을 췄다. 지금 생각하면 그때 어떻게 췄는지 모르겠다. (하하하)

그리고 한 주 후에는 초등학교 시절 마지막 스키캠프에 갔었는데 아직도 기억이 생생하다. 스키캠프는 재미있었고, 마지막 날 포항에 가서 친구들과 시내를 다니면서 놀다가 밤늦게까지 함께 TV를 보며 수다꽃을 피웠다. 그런데 다음날 아침에 증조 외할아버지가 돌아가셔서 아쉽지만 인사도 못하고 나와서 영주로 갔다. 자주 만나지 못하는 여러 친척들을 만날 수 있는 시간이었다. 아쉽게도 슬픈 일로 만나 뵌 분들이기는 했지만. 잘 볼 수 없었던 친척들을 많이 볼 수 있어 한편으로는 반가운 얼굴들이기도 했다.

2018년 나는 대구 고산초등학교로 전학을 왔고, 민규라는 좋은 친구도 사귀게 되었다. 지금 도서부도 같이 하고 책쓰기 동아리도 같이 하는 친구이다. 앞으로 오래 만날 좋은 친구 같다. 그리고 2018년에는 아주 큰 사건이 일어난다. 투병 중이신 할머니가 돌아가신 것이다. 나는 돌아가시기 전날 찾아갔을 때 사실 계속 TV만 보다가 엄마 때문에 "할머니 힘내세요!"라고 말하고 한번 안아 드리고만 왔는데 다음날 영어 학원에 갔다 오니까 할머니가 돌아가셨다는 소식을 들었다. 그 소식을 듣고 정말 많이 후회했다. 전날 할머니께 잘해 드렸어야 하는데 하고 후회를 했다. 그리고 그날 고모들이 모두 오시고 큰아빠, 큰엄마가 오시고 많은 사촌들이 왔다. 다음날부터 계속 조문객이 왔다. 나는 할머니 사진을 보며 '할머니 하늘에서는 편찮으시지 않고 편안하시길!' 기도했다. 고산초등학교에서 졸업을 해서 나는 작년에 가까운 대구고산중학교에 입학했다.

나는 1학년 10반 19번이었다. 1학년 때 도서부에 신청을 했고 시험과 면접을 봐서 도서부가 되어서 2학년, 3학년 선배들과 잘 지냈다. 거기서 또 새로운 친구들을 많이 사귀었다. 거기다 1학년 때는 실장을 했고 1학년 대표로 야영 선서를 하기도 했다. 또한 의현이라는 친구를 만나서 지금도 잘 지내는 중이다. 그리고 나름 공부도 열심히 하고 있는 중이다.

2학년 때는 7반 24번이었는데 이번에는 코로나19로 인해 e학습터로 학기를 시작해서 반장에는 나가지 않았다. 현재 우리 반 반장이 수업시간에 가끔 휴식을 취하는 걸 보면서 내가 나가야 했는데 하고 후회한 적이 있긴 하다. (쉿!) 그리고 집에 많이 있어서 게임할 시간이 많아져서 카트라이더 러쉬 플러스, 롤 같은 게임을 한다. 나의 일상은 학교, (영어, 수학, 과학, 국어)학원, 집이 반복된다. 다른 아이들도 마찬가지일 것이다. 친구들과 함께 하는 시간이 너무 부족한 요즘이다. 빨리 코로나가 끝나길 바란다.

마지막으로 하고 싶은 이야기. 작년 이맘때쯤 내가 하고 싶은 것은 축구였다. 손흥민 같은 세계적인 축구 선수가 되고 싶었다. 그런데 지금은 마음이 또 바뀌었다. 축구는 취미로 쭈욱 하겠지만 내가보다 잘할 수 있고, 즐길 수 있는 것을 더 넓게 찾아보려고 한다. 아직은 그것이 정확하게 무엇인지 모르겠지만 내가 좋아하는 것이 무엇인지 여러분도 찾아보고 용기내어 도전하기를 바란다. (나에겐 이 글쓰기도 엄청난 용기가 필요한 거였다.) 인생은 한 번뿐! 나와 여러분 모두 꼭 용기내보길 바란다.

✏️ 글을 마치며

책을 작년에 이어 써 봤는데 사실 처음에는 선생님께서 말씀하신 분량까지 완성하는데 힘든 부분이 있기도 했다. 그런데 막상 쓰기 시작하니까 내 머리 속에 있던 이야기들을 풀어내고, 내가 상상했던 모습을 조금은 허무맹랑하지만 써 보는 것도 재미있었고 커 왔던 모습을 추억하는 것도 좋았다. 그래서 계획보다 더 많이 쓰게 되었다. 물론 두 글이 연결은 안 되지만 결론은 좋은 경험이었다는 것. 내가 쓴 책이 앞으로 조금 창피할 수 도 있겠지만 나중에는 의미가 있는 소중한 추억으로 될 수 있겠다는 생각으로 최대한 열심히 썼다. 이렇게 글을 쓰게 기회를 주신 선생님께 감사하고, 몇 년이 지난 후에 나의 모습을 글로 쓴다면 좀 더 발전하고 성장해 있지 않을까 생각해본다.

나, 너
그리고 편지

Enjoy Writing Books

최수환 (3학년)

중딩,
지금의 나를 소개합니다

◆ **작가명** : 최수환

◆ **나이** : 16세

◆ **장례희망** : 게임 제작자 / 디자이너

◆ **나의 취미** : 음악 듣기, 웹툰 보기, 영화 / 드라마 보기,
　　　　　　　 그림 그리기, 글쓰기

◆ **좋아하는 것** : 미술, 음악, 잠자기, 편히 쉬는 시간

◆ **싫어하는 것** : 체육, 발표 하기

◆ **해보고 싶은 것** : 글쓰기, 기타 배우기

◆ **요즘 듣는 노래** : 우타다 히카루 – First Love

◆ **나와 너를 반짝이게 하는 한 마디** : 매일 행복하지는 않지만,
　　　　　　　　　　　　　　　　　 행복한 일은 매일 있어

◆ 01.

From. 한봄이

'우리'라고 말하기엔 조금 그렇지만, 그 애와 내가 처음 만난 것은 아주 오래 전 일이었다. 지금 내가 17살이니 거의 7-8년 전의 일, 10년이 다 되가는 그 시절. 우리의 첫 만남이 이루어졌다.

때는 내가 초등학교 3학년 때의 일이다. 체육 시간이나 자유시간 되어 운동장에 나가 아이들이 뛰어놀 시간, 나는 여느 때와 다름없이 또래 친구들과 어울리지 못하고 혼자 모래상자에 앉아 나만의 세계를 만들며 놀고 있었다. 높은 성을 쌓아 올리고 내가 그곳에서 사는 조금은 염치없는 꿈을 꿨다.

눈부시게 맑은 하늘 아래 푸르른 숲 사이사이를 가로지르며 요정들과 무지갯빛 털을 자랑하듯 휘날리며 하늘을 가로지르며 날아다니는 유니콘이 있는, 현실에서는 찾아볼 수 없을 가장 평화롭고 아름다운 꿈속에서 행복하게 사는 나와 가족들. 이젠 다시 볼 수도 없을 모습들을.

"뭐해?"

주변의 그 무엇도 신경 쓰지 않고 잠시나마 행복의 바다에서 헤엄칠 수 있었을 때, 누군가 그런 나를 꿈에서 깨웠다.

'또 시작인가.'

설희연. 그리고 희연이를 둘러싼 여자애들이 나를 찾아왔다. 아마 그 애들도 꿈을 꾸고 있을 것이다. 앉아있는 나를 서서 바라보며, 마치 내가 천박하고 자신들이 우월한 마냥 망상에 빠져 희열을 느끼는.

"너구나, 설희연."

"넌 유치하긴 여전하구나. 아직까지 모래성이나 쌓으며 놀고 있으니."

정작 말하는 본인도 어린 건 마찬가지면서, 설희연은 본인이 나와는 급이 다르다는 착각에 빠진 듯 머릿속에서 애써 어른스러워 보이는 말을 꺼내어 억지로 꺼내 나에 퍼붓기 시작했다.

어렸지만 그런 행동에 분노가 느껴지지 않는다면 거짓말이다. 그렇지만 나는 설희연에게, 나는 아무것도 아무 말도 할 수 없었다. 그 아이가 저런 행동을 한다는 것에는 내 탓이 있다고 생각했기 때문이다.

나와 설희연이 처음부터 이렇게 사이가 나쁜 것은 아니었다. 희연의 어머니와 나의 아버지가 친해서, 우리 둘은 자주 만날 기회가 있었다. 그 덕분에 우리는 자주 서로를 볼 수 있었고, 난 희연이가 가까이 두는 몇 안 되는 사람 중 한 명에 속할 수 있었다.

능력 있는 부모에게서 태어나 부족할 것 없이 자란 희연이는 어릴 때부터 운동이나 악기 연주 등 다양한 학습을 접하면서 또래에 비해 굉장히 우월한 재능이 있던 딸이었다. 그야말로 엄친딸. 그 덕분에 자연스럽게 설희연 스스로도 자신은 남들과 다르며, 그 누구에게도 질 일이 없을 거라 생각하며 자랐다. 때문에 주변인에게는 차분하고 똑 부러지게 대했으며, 이외의 인물들에게는 얼음보다 차갑게 대하며 대체불가능한 자신의 존재감을 뽐냈다. 이로 인해 다른 아이들은 희연이가 잘난 척 잘하는 기분 나쁜 아이라고 여겼지만, 오히려 내 눈에 희연이는 또래와 달리 자신감 넘치고 능력 있는 멋진 아이로 비춰졌다. 그런 희연이와 가까이 지내는 것만으로도 영광으로 여기는 나는 그녀와 친해지고 싶은 마음에 날 자신의 시녀라 생각할지언 정 언제나 뒤에 서서 그 아이를 말없이 따랐고, 희연이도 그런 나의 노력이 마음에 들었는지 나와 잘 어울려줬다.

그러다 얼마 전 일이다.

나는 어머니로부터 희연이의 부모님이 이혼했다는 소식을 듣고, 슬픔에 빠져 있을 희연이가 걱정되어 그 아이의 집에 방문했다. 우린 같은 아파트여서 쉽게 혼자도 찾아갈 수 있었다.

"누구세요……?"

내가 초인종을 누르자, 문 너머에선 힘없는 희연이의 목소리가 새어 나왔다.

"나야, 봄이."

"봄이……?"

내 목소리를 들은 희연이는 곧장 현관문을 열고 나왔다. 나와 눈을 마주친 희연이의 모습은 이전과는 상당히 달라져 있었다. 자신감에 눈부시게 빛나는 두 눈에서 초점은 보이지 않았고, 곱게 말려 있던 머리카락은 모래사장을 굴러다니는 먼지구덩이마냥 푸석푸석해져 있었다. 마치 여태껏 희연이를 환하게 비추던 조명이 꺼지고 어둡고 볼품없는 무대 위에 선 모습 같았다.

"네가 이 시간에 우리 집엔 무슨 일이야?"

"걱정 돼서……."

"걱정? 무슨 걱정?"

"엄마한테 들었어, 너희 부모님 얘기."

"……!"

"이혼하셨다고……."

사람이 아닌가 싶을 정도로 생기 없던 희연이의 눈에는 어느새 초점이 돌아왔고, 그녀의 표정은 금세 서서히 굳어졌다.

"…… 그래서 뭐?"

"어?"

"동정이라도 하러 온 거야? 아니면 내가 힘들어서 우는 꼴이나 보고 비웃기라도 하려고?"

"희연아, 왜 그래."

"그럼 왜 왔는데, 우리 부모님이 이혼하신 게 기뻐서 축하해주러 왔니?"

"그런 거 아니야, 제발 진정해."

희연이는 마치 다른 사람이 된 것마냥 이제껏 내가 보지 못한 모습을 보였다. 여태껏 침착하고 고상한 그녀의 모습은 어디 가고, 다른 사람에게는 차갑게 대하더라도 나에겐 조금이나마 친절히 대했던 그녀는, 눈을 붉히며 사나운 짐승이 포효하듯이 매섭고 무차별하게 나를 향해 화를 내고 있었다.

나는 희연이의 손을 잡고 애써 얘기를 이어 갔다.

"난… 난 그냥 네가 힘들까 봐 위로해주러-"

"넌 우리 부모님이 왜 이혼하셨는지는 알고 그러는 거야?"

"뭐?"

"우리 아버지, 너희 아버지 때문에 이혼하셨어."

"…… 그게 무슨 소리야?"

"모르겠니? 너희 아버지랑, 우리 어머니, 아니, 한 때 우리 엄마였던 사람……."

희연이는 고개를 돌리고 잠시 숨을 고르는 듯 하더니 다시 고개를 돌려 나와 눈을 맞추고 떨리는 목소리로 말을 이어갔다.

"그냥 친한 사이가 아니었어."

"!"

희연이가 명확하게 둘 사이를 밝힌 건 아니었지만, 나는 그녀의 말을 단번에 알아들을 수 있었다. 전혀 생각지도 못한 사실에 나는 충격 받았다. 희연이네 부모님이 이혼한 게 우리 아버지 때문이라니.

"그래 놓고서는, 뭐? 위로? 알지도 못하는 주제에 찾아와서 하는 말이, 위로?"

희연이는 계속해서 나에게 분을 털어놓았지만, 충격에 휩싸인 나는 아무것도 들리지 않았고, 아무 말도 할 수 없었다.

"…… 짜증나, 내가 저런 애를 친구라 생각했다니."

희연이는 더 이상 나를 예전처럼 보지 않았다. 나를 향한 그녀의 눈빛은 마치 쓰레기장 하수구를 뒹군 들쥐를 보듯, 나를 혐오하는 마음이 담긴 것을 알 수 있었다.

"생각이 있다면, 지금이라도 우리 집 앞에서 사라져."

희연이는 자신의 손을 잡고 있는 내 손을 뿌리치고 나를 향해 나지막이 말했다.

"그리고, 다신 찾아오지 마."

쾅.

그렇게 희연이네 집 현관문이, 희연이와 나의 사이를 이어주던 문이, 두 개의 문이 닫혔다.

그후 나와 설희연을 둘러싼 많은 것들이 바뀌었다. 나중에 사실을 알게 된 우리 어머니도 이혼하시고, 나의 이름은 '정봄이'에서 어머니의 성을 따라 '한봄이'가 되었다. 무엇이 진실이고 어디까지가 거짓과 오해인지 알 수 없지만… 그렇게 되었다. 그리고 나와 설희연의 사이는 다시는 돌이킬 수 없게 되었다. 희연이는 나를 더 이상 가까이 여기지 않고 다른 친구들을 사귀었으며, 나를 괴롭히기 시작했다. 희연이와 그녀의 무리는 나를 밀치는 것은 기본에 일부러 화장실에 가두고 한 시간 동안 나오지 못하게 만든 적도 있었다. 하지만 그 순간에도 난 희연이를 향한 원망이나 증오심보다는, 죄책감에 휩싸여 그녀를 상대할 수 없었다. 한때 내 아버지였던 사람 때문에 완벽했던 그 아이의 가정에 금이 갔고, 내가 아무것도 모른 채 그녀를 찾아간 탓에, 그녀의 갈라진 가슴에 칼을 꽂았으니. 나를 향한 그녀의 원망이 당연하다고 생각하고, 내가 그에 대한 벌은 받을 뿐이라고 생각했다.

그런 설희연에게, 나는 아무것도 바랄 수 없었다. 아무리 괴롭고 가슴이 찢어질 것만 같아도, 나보다 더 큰 고통을 견뎠을 아이였기에 참고 견뎌냈다.

"여러분, 이제 슬슬 모이세요."

어느새 수업 시간이 지났는지, 호루라기 소리와 함께 아이들을 불러 모으는 선생님의 목소리가 운동장을 채웠고, 즐겁게 뛰놀던 아이들이 놀던 것을 멈추고 하나 둘 선생님에게 걸어갔다. 나도 다른 아이들을 따라 선생님에게 가고자 앉아 있던 몸을 일으켰다. 옷에 묻은 모래를 털어내고 모래상자 밖으로 나가려고 할 때, 설희연은 나의 앞으로 다가와 두 손으로 나를 힘껏 밀쳤다.

나는 보기 좋게 뒤로 넘어졌고 그녀의 무리는 그런 나를 보며 깔깔 웃어댔다. 견딜 수 없는 수치심에 나는 그만 눈물을 보였고, 그걸 본 설희연 무리는 더 크게 웃어대기 시작했다. 그런 나를 보고 있는 다른 아이들은 괴롭힘 당하는 나를 슬쩍 눈길만 주고 그냥 지나칠 뿐 설희연의 보복이 두려워 아무도 직접 나서거나 도움을 청하는 이가 없었다.

그 덕분에 나는 나의 처지를 제대로 인식할 수 있었다. 아무도 나를 도와주지 못하고, 나조차도 낭떠러지를 향해 걷고 있었다는 사실을.

그리고 나는 스스로 애써 부정하고 싶었던 나의 진심과 만날 수 있었다. 지금껏 내가 아닌 설희연을 생각하며 애써 참아왔지만 사실은 설희연에게 괴롭힘 당하는 게 싫다는 것을.

'제발…… 누가 좀 도와줘.'

그동안 그 아이들에게 당한 수모가 머리를 스쳐 지나가며 말할 수 없는 비참함과 공포에 휩싸였다. 나는 아무것도 하지 않고 스스로를 포기한 나의 모습에 실망했고 절망했다. 아무것도 보고 싶지도, 듣고 싶지도 않았다. 그냥 모든 게 사라지고 끝났으면 하는 마음뿐이었다. 나는 고개를 숙이고 입술을 꽉 깨물며 터져 나오려는 울음을 애써 참던 중,

"그만해."

단호하고 선명한 목소리가 설희연 무리를 불러 세웠다. 겉으로 듣기에는 매우 차갑지만, 절망에 빠진 내게 있어 그 무엇보다 따뜻하고 포근한 희망의 목소리와도 같았다.

"뭐?"

설희연이 뒤돌아보니 한 여자아이가 서 있었다. 큰 키와 검은 긴 생머리에 백옥 같은 피부, 날카로운 눈매와 차가운 인상을 한 수려

한 미모의 아이였다. 그 아이에게서 뿜어져 나오는 고상함과 고귀함은 지금껏 설희연이 보인 거짓투성이의 위대함과는 비교도 할 수 없을 만큼의, 급이 다른 우월한 존재감이었다.

"넌 누군데?"

"난 너같이 모자란 애한테 내 이름을 알려주고 싶진 않아."

그 애의 한 마디는 그동안 뛰어난 스스로에게 자부심을 갖던 설희연에게 있어 굉장히 자존심 상하는 말이었을 것이다. 설희연의 얼굴은 금 새 붉게 달아올랐고, 그녀는 검은머리 그 애에게 다가가 옷깃을 잡아 당겼다.

"너랑 상관없는 일이면, 못 본 척 하고 조용히 가던 길이나 가지 그래?"

"나랑 상관없긴 해도, 저 애가 아파하는 걸 보고만 있고 싶진 않거든."

"조용히 해, 시끄럽게 까불지 말라고."

"난 계속 조용히 얘기하고 있었거든? 오히려 네가 훨씬 시끄럽지."

"그 입 좀 다물라고! 그리고 계속 네가 뭐 대단한 사람이라도 되는 냥 지껄이는데, 난 네가 말한 것처럼 모자란 애가 아니거든?"

"모자란 거 맞는 거 같은데? 무식하게 힘으로 해결하려는 거 보면."

"뭐-"

검은 머리 여자애의 차분한 태도는 설희연의 추한 모습을 더욱 돋보이게 만들었다. 그 애가 설희연에게 지지 않고 그녀의 말 하나하나에 말대답을 하자 분노한 설희연은 결국 참지 못하고 손을 높이 치켜올려 그 애를 치려던 순간,

"너희들, 거기서 있지 말고 어서 모이렴!"

다행히도 선생님이 나타난 덕분에 설희연은 손을 내리고 그 애의 옷깃을 잡고 있던 손에 힘을 풀었다.

"앞으로 다시는 마주치지 마. 기분 더러우니까."

"누가 할 소리."

그 애는 마지막까지 설희연에게 굽히지 않았고 여태껏 한 번도 누군가에게 져 본 적이 없던 설희연은 폭발할 것만 같은 얼굴로 자신의 심정을 숨기지 못하고 보여줬다. 설희연은 애써 흥분한 마음을 가라앉히며 새침하게 뒤돌아 무리와 함께 선생님이 있는 곳으로 향했고, 그녀의 무리가 멀어지자 검은 머리 여자애는 내게 다가와 손을 건넸다.

"괜찮아? 안 다쳤어?"

아까 전 설희연을 상대하던 목소리와는 전혀 달랐다. 차갑게 굳어 버린 내 마음을 한순간에 울리는 매우 차분하고 다정한 목소리였다.

"응……."

나는 여자애의 손을 잡고 몸을 일으켰다. 그 애는 모래가 잔뜩 묻은 내 옷을 툭툭 털어주고, 자신의 주머니에서 손수건을 꺼내 모래와 눈물 콧물로 뒤섞여 엉망이 된 내 얼굴을 조심스럽게 닦아주었다.

오랜만. 아니, 거의 처음 느끼는 따뜻함에 감동받아 나는 또 한 번 터지려는 눈물을 참아내고 날 도와준 그 애에게 감사인사를 전했다.

"저기……."

"응?"

"도와줘서 고마워."

"뭘, 해야 할 일을 했을 뿐이야."

그 애의 확신에 찬 듯한 목소리는 본인의 곧바른 성품을 자랑하기에 충분했다. 이제껏 멋지다고 생각해왔던 설희연과는 전혀 다른 진정으로 멋진 아이였다.

나는 그런 그 애와 함께 있는 것만으로도 기뻤다. 그 애가 존경스러웠다. 단지 그런 감정이었다. 그 애와 함께이고 싶고, 그 애의 멋진 점을 본받고 싶은 무수한 동경.

"저기… 이름이 뭐야?"

그 애와 친해지고 싶은 마음에, 그 애의 이름을 물었다. 그 애는 답하지 않고 묵묵히 손수건을 개어 주머니에 넣었다.

'…… 못 들었나?'

그 애가 나와는 친해지고 싶지 않은 건가, 초조한 마음에 한 번 더 말을 걸었다.

"저기-"

"이유리아."

급박해지는 내 마음에 안심이라도 하라는 듯, 곧장 그 애의 답장이 돌아왔다. 곧이어 그 애는 나와 눈을 마주치고 한 번 싱긋 웃어주고는 한 번 더 다정하게 얘기했다.

"리아라고 불러."

이유리아. 내가 잊지 못할 아이였다. 그때의 일 이후로 나를 향한 설희연 무리의 간섭도 조금은 줄어들었다. 나 또한 이전처럼 지내기 않기로 다짐했다. 설희연이 아무리 나를 괴롭혀도, 지고만 있지 않겠다고. 더 이상은 그녀와 엮이지 않겠다고. 리아 앞에서 부끄러운 모습 보이지 않고, 당당히 설 수 있는 모습을 보이겠다고. 그 애에게 받은 용기가 헛되게 쓰이는 일을 만들지 않으리라 나 자신과 약속했다.

그후로도 하루하루 날이 지나가면서 나는 가끔씩 운동장 활동 시간이 되면 리아를 볼 수 있었다. 하지만 복잡한 우주 속에서 빛나는 별들 중 나는 빛을 내지 못하는 하찮은 덩어리였고, 그 애는 별들 중에서도 가장 크고 밝게 빛나는 별이었다. 나는 그 애와 자주 만날 수도 얘기할 수는 없었다. 당연하게도 그 애는 그 학년에서도 가장 높은 위치에 있는 아이였고 누구나가 좋아하는 아이였다. 나 이외의 아이들을 만나느라 바빴고 그 애와 조금은 가까웠을 거라 생각한 나는 그제서야 비로소 그 애와 나의 위치를 실감할 수 있었다. 내 일생에 보배로운 아이지만 내가 다가가기엔 참으로 먼 아이.

다만 한 가지 확신할 수 있다. 나는 어리지만 그 애로부터 처음 느끼는 감정을 배웠다. 무엇인지 확실히 말할 수는 없다.

마음에 봄이 찾아온다면 이런 것일까, 따뜻한 산바람을 타고 찾아온 꽃잎이 나를 간지럼 태우는 것만 같았다. 새들이 귀에 대고 아름다운 멜로디를 지저귀고, 가지각색의 꽃으로 뒤덮인 분홍 빛 언덕 위, 교회 꼭대기의 종이 울려 퍼지고 그 종소리에 맞춰, 내 마음도 울고 있는 것 같았다.

야속하게도 빠르게 달리는 시간은 내가 그 애와 다시 만날 수 있을 틈을 주지 않았다. 나는 집안 사정으로 전학을 가야만 했고 멀리서라도 가끔 마주쳤던 그 애를 떠나야만 하는 날이 다가오고 있었다.

'이대로 한 번 더 만나지 못하고 가야 하는 건가…?'

어두웠던 요즘 나의 삶에 빛은 비춰 준 그 애와의 인연을 놓치고 싶지는 않았다. 하지만 소심한 나는 그 애와 눈을 마주치긴커녕 옆을 지나칠 용기조차 나질 않았다. 그 일이 지나고 꽤 오랫동안 보지 못했기에 사실상 남이나 마찬가지인 그 애에게 다가갈 마음을 다잡는다는 것은 너무나도 어려운 일이었다.

나는 오랜 시간 동안 깊은 생각을 했다. 그 긴 고민 끝에, 마지막으로 그 애에게 선물을 주기로 했다. 그 애를 향한 간절함을 담아 편지를 쓰고 정성을 담아 조그만 선물도 함께 준비했다. 그 애를 향한 동경의 마음을 편지지 위에 한 자 한 자 조심스레 써내려갔고, 어머니에게 바느질을 배워 그 애를 떠올리며 만든 작은 고양이 모양 열쇠고리를 서너 번 포장지로 감싸 붉은 리본으로 곱게 묶었다.

전학 날 예상했듯 교실 속 있는 듯 없는 듯한 존재였던 나에게 따뜻한 인사는 없었다. 다른 아이들 몰래 그 애의 반에 찾아갔다. 그리고는 그 애 가방에 열심히 준비한 선물을 넣었다.

그 애가 내 선물을 받았는지 심지어는 그 선물의 존재를 아는지는 알 수 없는 노릇이지만, 결과가 어찌 되든 상관없었다. 내가 그 애에게 나의 고마운 마음 전부를 전했다는 것만으로 충분히 기뻤다.

그렇게 전학을 다고 다른 학교에서 다시 지루한 초등학교 생활을 했고, 초등학교를 졸업하고 중학생이 되어서도 우연히라도 나는 그 애를 다시 만날 수는 없었다. 오히려, 그 애를 만나길 기도하지 않고 서서히 잊어갈 생각이었다. 평생 다시 마주치지 못할 수도 있는 그 아이를 쉴 틈 없이 떠올리는 일은 내겐 너무나도 가혹했다. 내가 가장 힘들었던 시기에 도와줬던 손길이기에 그랬으리라. 그저 자연스럽게 다른 어릴 적 추억들처럼 먼 기억 저 편에 묻어두길 기다렸다.

    :

'아직 고등학교는 낯서네. 입학식 전 예비소집일에 왔었지만 그래도 여전히 낯선 공간. 고등학교다.'

긴 시간이 흐르고 고등학생이 된 나의 오늘. 내 일생에 가장 특별한 선물이 찾아왔다.

복도를 지나던 중 아주 익숙한 사람을 지나쳤다. 큰 키와 검은 긴 생머리 휘날리며, 백옥 같은 피부에 날카로운 눈매와 차가운 인상을 한, 여태껏 본 사람들 중 가장 수려한 미모의 사람이었다. 더불어 단호하고 선명한 목소리, 겉으로 듣기에는 매우 차갑지만 그 누구보다 깊고 따뜻한 목소리. 아주 잠깐이었지만, 확실히 알 수 있었다.

'앗. 리아다……!'

이유리아. 정말 그 애였다. 격변의 사춘기를 겪고 있는 우리라서 어릴 적 모습과는 많이 달랐지만, 분명히 리아였다. 다신 만나지 못할 거라 생각했던 그 애를 꿈에서만 다시 볼 수 있기를 기도한 그 애를, 나는 마침내 만났다.

남들이 들으면 그저 우연이라며 비웃을지 몰라도 나는 그 애를 단지 '우연'으로 결론짓고 싶진 않았다. 그 애와 떨어지고 점점 희미해져가던 내 마음 한 구석이, 그 애를 만난 순간부터 다시 선명해지고 분명하게 달라지는 기분을 느꼈다. 나는 그 애를 '우연'을 넘어, '기적', 혹은 더 나아가 '운명'이라 칭하고 싶었다. 나에겐.

그토록 하고 싶었던 말, 못할 것만 같았던 한 마디가 기나긴 목의 강을 건너, 내 입을 열고 나지막이 흘러나왔다.

"보고 싶었어, 리아야……."

◆ 02.

From. 한봄이

리아가 나와 같은 학교에 다닌다는 사실을 알게 된 후, 나는 조금씩 울리기 시작하는 마음 속 종소리를 주체할 수 없었다. 혹시나 잘못 본 게 아닐까 하는 마음에 마주쳤던 사람을 몰래 따라가 봤지만, 틀림없는 그 아이, 이유리아였다.

'어떡하지, 말 걸어볼까?'

'하지만 리아가 날 잊었으면? 아는 척했다가 괜히 이상한 사람 취급 받으면 어떡하지?'

수많은 만감이 교차할 때쯤 리아는 이미 내 시야에서 벗어나 어딘가로 사라진 상태였다.

'아, 놓쳤다.'

리아가 보이지 않는다는 사실에 조금은 긴장이 풀렸지만, 한편으로는 리아에게 다가가지 못 했다는 아쉬움과 어릴 때처럼 평생 멀리서 바라보기만 하다가 어느새 사라져버릴까 두려움이 나를 얽매었다.

"한봄이?"

상실감에 휩싸여 터벅터벅 반으로 걸어가던 중, 등 뒤에서 누군가 내 이름을 부르는 소리가 들렸다. 뒤돌아보니 익숙한 남자애가 나를 향해 손을 흔들고 있었다.

"어! 민시우!"

그 남자애는 민시우. 곱슬머리와 나 보다 작은 키, 이슬 같이 맑은 눈망울에 겨울에 내린 눈처럼 순하고 여린 마음을 지닌, 마치 강아지 같이 귀여운 아이였다.

시우와는 중학교 3학년 때 만나 가까워졌다. 중학교와는 상당히 먼 학교를 진학했기에 그나마 몇몇 친했던 친구들과 작별을 해야 해서 앞으로의 학교생활이 걱정되었는데 아는 애가 있다는 사실에 안도감이 생겼다.

"뭐야, 야! 너도 이 학교 다니는 거였어?"

"응, 걱정했는데 다행이다, 친한 애가 있어서."

"그러게, 넌 몇 반이야?"

"난 4반, 너는?"

"바로 옆 반이네. 난 3반이야."

리아를 향한 걱정은 잠시 접어둔 채 시우와 편안한 대화를 나누며 걷다 보니 우린 어느새 교실 앞에 도착해 있었다.

"그럼, 이따 봐."

시우와 인사를 나누고, 나는 교실로 들어가 내 이름이 적힌 종이가 붙여진 자리에 앉았다.

옆 자리는 비어 있었고, 고개를 들어 교실을 둘러보니 여러 아이들이 있었다. 친구들과 모여 앉아 떠드는 애들도 있는 한편, 혼자 조용히 앉아 책을 읽는 애도, 아예 책상에 엎드려 자고 있는 애도 있었다.

여태껏 여러 번 봐 온 교실의 풍경은 익숙할 수도 있지만, 매번 새로운 애들과 새로운 교실에 발을 들이는 것은 익숙해지지 않았다.

'내 옆자리는 누굴까?'

문득 옆 자리 짝꿍이 궁금해 고개를 돌려 옆 책상의 이름표를 보았을 때, 내가 지금껏 머리에 담았던 생각은 순식간에 사라졌다.

「 설.희.연. 」

리아와는 다른 의미로 잊지 못할 이름. 제발 아니길 바랐다. 초등학교 3학년 이후로 한 번도 본 적 없는 그 애다. 한 해 동안 같은 학교에서 만나는 것도 모자라 가장 가까운 자리에 앉아야 하는 것을 생각하니 그나마 괜찮으리라 생각했던 고등학교 생활을 꿈은 모두 가루가 되어 날아갔다.

드르륵-

그 순간, 교실 문이 열리는 소리가 들렸다. 발소리가 점점 내게 가까워지는 것이 들렸다. 나는 고개를 숙이고 그 발소리의 주인공이 내가 모르는 사람이기를 내가 아는 그 설희연이 아니기를 기도했다. 발소리가 옆에서 멈추고, 나는 혹시나 하는 마음에 고개를 들어 발소리의 주인을 쳐다보았지만… 간절히 바란 내 소원은 이루어지지 않았다.

곱게 말린 갈색 빛 도는 머리카락에 오뚝하게 선 코, 긴 속눈썹과 보석처럼 빛나는 푸른 색 두 눈. 어릴 적 외모보다는 성숙해 진 것이 보였지만, 틀림없이 그 아이는 설희연이었다.

그 아이도 나와 눈이 마주쳤고, 그토록 바라지 않던 만남이 성사된 절망감에 쌓인 나는 그녀와 눈이 마주쳐도 아무것도 아무 말로 할 수 없었다. 금방이라도 일을 열고 예전에 그랬듯 잘난 채하며 나를 까 내리고 절벽 끝까지 밀어버리지 않을까 하는 생각에 입술은 타고 머릿속은 새하얗게 말라갔다.

그러나 내 예상과는 달리 설희연은 나와 눈이 마주쳐도 아무 말도 하지 않고 묵묵히 자리에 앉았다. 그리고는 가방에서 필통과 두꺼운 문제집을 꺼내 문제를 풀기 시작했다.

'어?'

그녀의 모습은 지금껏 내가 알던 설희연이 맞나 싶고, 혹시 동명이 인인가 하는 착각이 들 정도로 달라져 있었다. 나는 여러 번 눈을 돌려 행동을 살폈지만, 그녀는 나를 쳐다보지 않고 아무 말도 없이 한 쪽 턱을 갠 채로 문제집을 풀고 있을 뿐이었다.

그동안 생각한 설희연에 대한 걱정과 앞으로의 학교생활에 대한 걱정이 조금이나마 줄어들었다. 하지만 완전히 사라진 것은 아니었다. 혹시나 얘가 연기를 하는 것일까 봐 하는 의심에 완전히 그녀를 가까이 할 수는 없었다.

"설희연 이면, 네가 예전에 말한 그 사람?"

점심시간 급식실. 나는 시우의 앞자리에 앉아 점심밥을 먹으며 아까 있었던 일을 두고 얘기를 나눴다.

"응, 내가 가장 피하고 싶던 사람."

"근데, 그 애는 왜 갑자기 달라진 거야?"

"모르겠어. 초등학교 전학가면서 떨어진 이후론 처음 보는 거라 나도 알 겨를이 없지."

"저런, 더군다나 당분간 옆자리일 텐데, 어떻게 대해야 하니……."

당장 내일부터의 걱정이 암울한 먹구름을 만들어 우리 위에서 비를 내리는 것 같이, 시우와 나 사이엔 어느새 정적이 흘렀다. 그러다 문득 시우가 입을 열었다.

"아, 네가 의지하고 좋아했던 사람도 이 학교 다닌다 했지?"

"어, 그, 그랬… 지."

"누구야? 얼마나 좋은 사람이면 아직까지 마음이 있는 거야?"

시우는 마치 아기 강아지가 꼬리를 흔들며 주인에게 다가오듯, 초롱초롱한 눈을 한껏 키우며 내게 몸을 숙여 물었다.

'이유리아…'라고 별생각 없이 그 애의 이름을 말할 뻔했지만 다행히도 입 밖으로 소리를 내는 것은 막을 수 있었다. 누구보다 믿을 만한 시우지만, 리아를 향한 마음을 밝히는 것은 어려운 일이었다. 이번에도 옛날에 그랬듯 마음을 전하지 못하고 오래도록 멀어지기만 할, 이루어지지 못하는 짝사랑으로 남을 것만 같아서. 혹은 어릴 적 느낀 잠깐의 그 감정이 좋아한다는 것으로 오해한, 아주 긴 나의 착각이었을까 봐 확신이 들지 않아서. 그리고 좀 더 분명히 말하면 이건 무한한 동경 같은 거니까. 무엇보다 빛나는 리아가 별 잘난 것 없

169

는 나와는 어울리진 않을 것 같고, 시우도 그렇게 볼까 봐 두려워서. 때문에 시우에겐 미안하지만 지금부터 당분간은 리아의 이름을 언급하지 않기로 결심했다.

"비밀이야."

"뭐야, 궁금하게."

"나-중에 알려줄게."

"나중에 언제?"

"글쎄, 너 환갑잔치 할 때?"

"아이고 뭐래, 그냥 말하기 싫다 하서."

'… 미안, 그냥 말 못하겠어.'

딩 동 댕 동-

지루하고도 긴 수업 시간이 끝나고 어느새 하교 시간. 다른 애들은 방과 후 청소를 하거나 동아리를 알아보러 가는 사이, 나는 가방을 싸고 1층으로 내려가 내 신발장 앞에 섰다. 신발장을 열고 신발을 꺼내려는 순간, 신발장 안의 신발 위에 가지런히 올려진, 오전에는 보지 못한 흰색 무언가가 내 눈에 들어왔다. 나는 손을 뻗어 어두운 신발장에서 그것을 꺼냈고, 밝은 전등 아래에서 다시 보니 그것의 정체는 빨간 하트 모양 스티커가 붙여진 하얀 편지 봉투였다.

'웬 편지가 내 신발장에?'

'하트 스티커… 설마 연애편지인가? 그렇지만 누가 나한테 보낼 리는 없고……'

여러 의심과 의문점이 떠올랐지만, 일단은 내 신발장에 있으니 나한테 준 것이라 가정을 하고 하트 스티커를 떼어 내어 편지 봉투를 열었다. 봉투 안에는 곱게 접혀 있는 분홍빛 편지지가 나를 반기고 있었다. 편지를 펼쳐 보니,

안녕!

혹시나 해서 말하는데, 이상한 편지는 아니니까
오해하고 찢거나 버리진 말아 줘!
난 너를 돕고 싶어서 그래!
이 학교에 좋아하는 사람이 있지?
(이름이 네 글자?)
내가 그 애랑 네가 이어지는 걸 도와줄게!
관심 있으면, 이 번호로 연락 줘! :)

이O-ㅁㅁㅁㅁ-△△△△

이상하게 여기진 말아 달라고 당부했으나 꽤나 수상한 내용의 편지였다. 내게 하는 얘기인 것은 분명한 것 같은데 보낸 이의 이름도 없고 받는 사람의 이름도 없으니 의심할 수밖에 없었다. 그렇다고 장난이나 우연이라 하기에는 내가 좋아하는 사람 '이유리아'의 흔하

지 않을 이름 글자 수도 정확히 알고 있고 말이다. 본인 전화번호로 추정되는 번호도 써 놓았으니 이 이상한 편지에 대한 의문점이 점점 커져갈 때쯤,

"저기"

익숙한 목소리. 고개를 돌려 보니 내 옆엔 어느새 리아가 서 있었다. 예상치 못한 만남이라 그런 걸까, 겨우 가라앉힌 내 마음은 또다시 끓어오르기 시작했다. 얼굴은 뜨거워지고, 심장소리는 리아에게 들리지 않을까 싶을 정도로 크고 빠르게 뛰어댔다. 너무 놀란 바람에 나도 모르게 '어… 어…' 거리며 말을 중얼거리고 있었고, 손이 떨리고 있었다.

그러자, 리아가 다시 입을 열었다.

"미안한데, 조금만 비켜줄래?"

나는 편지를 읽느라 신발장 앞에 오래 서 있어서 나도 모르는 사이에 길 중앙을 막고 있었다.

"아, 미, 미안."

애써 진정하며 말을 했지만 목소리에 진동 모드라도 있는 듯 덜덜 떨리는 입술로 말을 더듬으며 몸을 돌려 리아의 앞길을 비켜줬다. 리아는 고개를 숙여 인사를 하고는 검고 찬란한 머리카락을 휘날리며 내 앞을 지나갔다. 리아는 점점 멀어지고 그에 따라 내 마음도 조금씩 안정을 되찾아갔다.

아주 잠깐의 순간이었지만 나는 리아를 만났고 그녀와 아주 짧지

만 대화도 나눴다. 그리고 몇 가지 확신이 생겼다. 리아 앞에서 여전히 형편없는 모습을 보였다는 것. 그리고 도저히 앞에 서서 말조차 똑바로 할 준비가 되어있지 않다는 것.

나는 편지를 구겨서 쓰레기통에 보기 좋게 던질 생각이었지만 리아를 만나고 나의 생각을 바로잡을 수 있었다. 누가 이 편지를 보냈는지는 모르고 믿을 수 있는 지도 모르지만, 만일 장난으로 보낸 편지라도 나는 지금 누군가의 도움이 필요하다는 것. 리아를 향한 간절함을 전할 방법을 찾아야 한다는 것을 뼈저리게 느꼈다.

집에 돌아와서, 방에 들어온 나는 혹여나 밖에서 어머니가 들어올까 방문을 잠근 후 교복 주머니에서 편지를 꺼내 적힌 전화번호를 하나하나 신중하게 입력했다. 그리고 몇 번이나 다시 번호가 맞는 지 확인한 후 큰 심호흡을 하고 버튼을 눌러 전화를 걸었다.

뚜루루 - 뚜루루 -
뚝-

그러나 어째서인지 내가 전화를 건지 몇 초 되지도 않아 전화는 끊어졌다. 혹시나 잘못 끊긴 건가 싶어 같은 번호로 다시 전화해 보고 번호가 맞는지 재차 확인하며 또 다시 여러 번 전화를 해 봤다. 그러나 돌아오는 건 점점 더 빨라지는 통화 종료음 뿐.

'뭐야, 역시 누가 장난으로 보낸 거였나? 에잇.'

허탈함과 실망감이 나 혼자만이 침대에 앉아 있는 고요한 방을 가득 채웠다. 지금까지 리아와의 만남을 기대한 나 자신이 부끄럽게 느껴졌고 조금은 믿었던 방법마저도 거짓이었다는 것에 배신감과 분노가 올랐다. 결국 스스로에게 올라오는 화를 참지 못하고 손에 있던 휴대폰을 집어 던지고 편지를 구겨 쓰레기통에 던지려던 순간,

띠링!

휴대폰에서 나온 산뜻한 문자 알림 소리가 고요한 방을 채웠다. 나는 휴대폰을 들어 확인해 보았고, 낯선 번호의 누군가에게서 온 문자였다. 아니, 번호를 자세히 보니 낯선 번호가 아닌 편지에 적힌 그 전화번호였다.

??? | 나한테 바로 전화할 줄은 몰랐네.

그리고 몇 초 뒤, 같은 번호의 인물에게서 문자가 하나 더 도착했다.

??? | 미안, 전화 보다는 문자가 더 편해서.
　　　한봄이 맞지? 만나서 반가워! :)

나는 편지가 장난이 아닌 진짜였다는 것에 한 번. 내 이름을 안다
는 것에 또 한 번 놀랐다. 나는 놀란 마음을 가라앉히고 다급히 손가
락으로 휴대폰 자판을 두드려 상대방에게 문자를 보냈다.

봄이 | 너… 누구야?

??? | 정체를 밝히기는 조금 부끄러운데……
       아, 참고로 난 너랑 같은 학년이야! 그래서 널
       아는 거고.

??? | 의심하진 말아줘, 나쁜 목적으로 다가간 게 아니야.
      :(

??? | 정말 순수하게 너를 돕고 싶어서 그랬어.

봄이 | 돕고 싶다니, 뭘?

??? | 네가 좋아하는 사람에게 고백하는 거.

이유리아였던가? 맞지??

??? | 혹시나 원하지 않는다면, 거절해도 돼.

난 너의 의견을 존중할게.

대화를 통해서 새롭게 알게 된 몇 가지 정보가 있었다. 상대방은 나와 동급생. 심지어는 같은 반이며, 나와 리아에 대한 것을 알고 있다는 점. 그리고 의외로 나를 강제적으로 도와주는 게 아닌 나를 존중해 주는 것이었다.

하지만 이런 것 들 만으로는 아직 상대방을 믿을 순 없었기에 나는 몇 가지 질문을 더 보냈다.

봄이 | 네가 이유리아를 어떻게 알아?

??? | 같은 중학교 출신이기도 하고,

우리 학교에서 걔 모르는 애는 없을 걸?

예쁘고 머리 좋고 워낙 여러 가지로 유명한 애니까.

봄이 | 내가 이유리아 좋아한다는 건 어떻게 안 거야?

??? | 학교에서 네가 유리아를 쫓아다니는 걸 봤거든.
　　　네 눈빛을 보고 딱 네가 걔 좋아한다는 거
　　　알겠더라.

봄이 | … 그렇게 티 났구나.
　　　네가 돕는다는 게, 정확히 어떤 건지 알려줘.

??? | 네가 유리아한테 하고 싶었는데 못한 말들을
　　　나한테 알려주면 내가 유리아한테 전해줄게.
　　　(시간이 얼마나 걸릴지는 모르겠지만)

봄이 | 네가 직접?

??? | 아니, 은밀하게.

봄이 | 은밀하게라면 어떻게?

??? | 그건 비밀이야!

봄이 | … 방법을 그렇다 쳐도, 은밀하게 보내면 유리아가
이상하게 생각하지 않을까?
그리고 내가 전하고 싶은 말이 아니라, 네가 전하고
싶은 말이라 오해라도 하면?

??? | 걱정 마, 나한테 다 생각이 있어.

그 방법과 생각에 더 자세히 알고 싶었지만, 물어봤자 어차피 마음
에 드는 답변은 돌아오지 않을 거라 생각해 질문을 보내진 않았다.
나는 얘기가 길어지기 전 질문을 몇 가지 더 보냈다.

봄이 | 신발장에 있던 편지는 네가 쓴 거야?

??? | 응, 전화번호도 내꺼야.

봄이 | 네 전화번호를 남겼다는 말은 그만큼 확신이 있고
　　　다른 의도로 나한테 접근할 마음은 없다는 말이지?

??? | 물론이지.

??? | 만약 내가 네 정보를 악용한다면 신고해도 좋아.

봄이 | 그럼 마지막으로 물을게.

??? | 응.

봄이 | 내가 유리아 좋아하는 거
　　　이상하게 생각하지 않아?

??? | 엥? 뭐가 이상한데? 걔는 늘 인기 많은 아인데?

봄이 | 그냥, 걘 워낙 잘나고 멋진 앤데

나는 별 볼 거 없는 애니까, 우리 둘이 안 어울릴

것 같아서. 친한 거 자체가.

??? | 에이, 그게 왜 이상해.

그냥 사람 대 사람으로 좋아하는데 남들 눈길 신경

쓰이면 앞으로도 평생 연애도 못하고 죽을 걸?

마지막 질문의 답변을 듣고 조금은 안심이 생겼다. 나조차도 아직 나를 받아들이지 못 해 불안해하고 있는데, 타인인 상대방은 전혀 신경 쓰지 않는다니. 그게 왜 문제가 되냐는 듯 아무렇지 않게 대하고 있었다.

그 문자를 한참이나 보았다. 내게 위로가 되었고 마음이 놓였다. 나는 어쩌면 이 사람을 제법 믿어도 될 것 같다는 생각을 했다.

??? | 이제 어떡할지 정했어?

문자가 또 도착했다. 나는 또 한 번 깊게 고민해 보았다. '아무리 상대방이 나쁜 사람은 아닌 것 같아도 이 방법이 정말 좋은 방법일까,

과연 이 방법이 효과가 있을까' 등등.

그리고는 지금껏 리아를 대한 나의 모습을 되돌아보았다. 제대로 말 한 번 걸지 못했고 리아가 먼저 말을 걸어도 제대로 된 대답도 못한 어리숙한 내 모습을. 리아의 모습을 그리워하며, 그 아이와 만나 친해지길 바라는 꿈을 꾸고 있는 초라한 내 모습을.

그리고 마침내 결심했다. 비록 방법이 잘못되었더라도, 결과가 좋지 않더라도, 이번 고등학교 생활이 마지막 인연이 될지 모르는 그 아이를 놓치고 싶진 않았다. 리아에게 고마움과 나의 진심을 전하고 싶은 마음은 그 누구보다도 그 어느 때 보다도 간절했다.

나는 마침내 결심했고 문자를 보냈다.

봄이 | 앞으로 잘 부탁해.

??? | 좋아!
　나도 잘 부탁해! :)

봄이 | 그리고 보니까 난 네 이름도 모르는데
　　널 어떻게 불러줄까?

??? | 난 뭐든 상관없어. 부르고 싶은 대로 불러.

봄이 | 음… 지금은 생각 안 나니까 나중에 정해 볼게.

??? | 그래, 일단 오늘은 늦었으니 내일 아침에 마저
    얘기하자

봄이 | 응, 잘 자.

??? | 응, 너도. :)

이렇게 나와 휴대폰 넘어 상대방의 특별한 관계는 시작되었다. 답
장을 보고 있자니 마음 한 구석이 편안해지는 듯한 기분이 들었다.
앞으로 마음 속 숨겨 두었던 말을 꺼낼 수 있을 거라는 생각에 마치
온 세상을 가진 듯 기뻤다.

그렇게 나는 앞으로의 일을 기대한 채 부푼 마음을 안고 푹신한 침
대로 뛰어들어 잠에 들었다.

다음날. 의문의 내 편에게 다시 문자가 도착했다.

??? | 자, 무슨 말 부터 전해줄까?

◆ 03.

From. 이유리아

'완벽한 아이.' 살면서 끝없이 들어온 말.

나는 어릴 적부터 부모님의 강압적인 교육에 따라 단 하나의 오차도 없는 사람이 되어야만 했다. 부모님은 나를 우수한 성적, 뛰어난 재능, 올바른 인성 등을 지닌 다른 이들과는 비교도 할 수 없는 사람으로 만들기에 노력했다.

그리고 내가 나 스스로를 알아가는 것조차 제한했다. 혹여나 자신들의 간섭에서 벗어나 내 스스로 완벽한 사람이 되기를 부정할까봐. 다행히도 나는 그렇게 되지 않았다. 아니, 그렇게 될 수 없었다. 부모님의 손 안에서, 나는 한 번도 내 의지를 표출하거나 내 감정에 솔직해지지 못했다. 그저 숨만 쉴 줄 아는 인형과도 같이 주인에게 조종당하며 원치 않는 공연의 무대에 서야만 하는 예쁜 마리오네트 인형처럼 살아왔다.

그렇게 17년. 오늘. 여느 때와 다름없는 하루의 시작. 매일 아침 그랬듯 토스트 한 장에 꿀과 버터를 바르고 우유와 함께 배를 채웠다. 그리고 교복으로 갈아입고 가방을 챙겨 현관문으로 향하던 중 아버지가 말을 걸었다.

"지금 나가니?"

"네."

"차 태워 줄까?"

"아니요, 그냥 걸어갈게요."

"그래, 학교 끝나면 늦지 말고 바로 학원가거라."

"네."

완벽하고 다정한 가정이라고는 상상도 못할 정도로 단순하고 딱딱한 두 사람의 대화. 아주 잠깐이었지만 아빠와 대화하는 순간은 언제나 호흡이 가빠지는 듯한 느낌에 언제나 마주하고 싶지 않은 순간이다.

몸을 숙여 신발을 신은 후 나는 현관문을 열고 짧은 인사를 남기고 집을 나왔다.

"다녀오겠습니다."

빼곡히 선 건물들 사이로 난 도로를 건너 바쁜 하루를 시작하는 사람들 사이사이를 지나며 인도를 걷다 보면 어느새 학교 정문에 도착한다. 아는 친구들과 만나면 인사를 나눈다.

늘 그랬듯이, 아무런 변화 없이 평범한 하루의 시작을 알리는 오프닝.

하지만 여느 때와 다름없이 평범할 거라 생각했던 내 하루에, 조그

마한 변환점을 시작으로 새로운 것들이 시작되었다.

신발장을 열었을 때, 전에 보지 못한 무언가가 실내화 위에 가지런히 올려져 있었다. 나는 어두운 신발장에서 그것을 꺼냈다. 밝은 조명 아래에서 제대로 본 그것은 하얀 색 편지 봉투였다.

'요즘도 이런 편지를 쓰나?'

나는 편지 봉투를 열어보았고, 그 안에는 분홍빛 하트 모양 편지지가 있었다. 그 편지지에는 보내는 이도 받는 이도 적혀 있지 않은 대신, 아담한 글씨체로 짧은 글이 쓰여 있었다.

You are a beautiful enough person.

So don't be afraid.

'너는 충분히 아름다운 사람이야.'

'그러니 두려워하지 마.'

다른 사람들에겐 별것 아닌 그저 검은 색 짧은 글일지 몰라도, 그 짧은 글은 내 마음 속으로 들어오기에 충분했다.

'충분히 아름답다.' 여태껏 부모님에게 한 번도 듣지 못한 말이었다. 그리고 꼭 한번쯤은 듣고 싶었던 말들이었다.

'이걸로 충분해', '더 이상 무리하지 않아도 돼.'

여태껏 쉴 틈 없이 살아가며 언제나 완벽한 모습을 보여야만 했던 나였다. 앞으로도 한 치의 흐트러짐 없이 올곧은 모습을 보여야 한다는 부담감과, 다른 이들이 완벽하지 못한 나의 모습을 접하고 실망감에 나를 떠나버릴까 봐 느껴야 했던 두려움. 이 모든 감정을 비웃기라도 하듯 내 마음을 따스하게 녹여주는 한 마디였다.

완벽한 모습의 내가 아닌, 그저 순수하게 나 '이유리아'를 알고 좋아해준다는 사람이 있다는 안도감이 차갑게 식어버린 나를 위로해줬다.

"유리아, 괜찮아?"

"어?"

"아니, 계속 신발장 앞에 서 있길래."

"아, 괜찮아."

옆에 있던 친구의 부름에 나는 다시 정신을 차릴 수 있었다.

그리고 정신을 차리고 나서, 나는 나를 잃어버리지 않고, 지켜낼 수 있게 지켜준 그 편지를 곱게 접어 가방에 넣어 소중히 보관했다.

그날을 시작으로 나를 위한 은밀한 편지는 매일 오기 시작했다. 그것도 매번 똑같은 방법이 아닌, 매번 다른 방법으로.

네가 내 편지를 좋아해 주는 것 같아 기뻐

앞으로도 보이지 않는 곳에서 열심히 응원할게! :)

하루는 사물함에, 또 하루는 책상 서랍 속에. 어떤 날은 잠시 벗어 둔 외투 주머니에 넣어 두기도 했다. 또 어떤 날은 참 신박하게도 리코더 속에 말아 넣기도 했다. 심지어는 편지를 학교 곳곳에 숨겨두고 순서대로 찾게 유도해 한 편의 편지를 완성하려면 학교 전체를 돌아다녀야 하기도 했다.

찾느라 수고 많았어. 지금까지 열심히 달려 왔으니,
이젠 조금 쉬어도 좋을 것 같아.

여전히 받는 이도 보내는 이도 적혀 있지 않았지만 난 그 편지가 나를 위한 것이라는 것을 알아챌 수 있었다. 늘 따뜻하고 조심스러운 편지 속 글은 오래토록 나를 지켜온 그 사람의 섬세함과 다정함이 담겨 있었다. 편지 덕분에 나는 매일매일 지루할 틈 없이 맑은 기분으로 하루를 끝마칠 수 있었다.

날이 갈수록 편지를 보낸 이의 정체에 개한 궁금증도 더욱 커져만 갔다. 내게 진정으로 관심을 가져주고 응원해주는 이 사람이 과연 누구인지 하루 빨리 만나보고 싶다는 생각이 점점 머릿속을 채워가고 있었다.

어느 날. 쉬는 시간이 끝날 무렵 교실로 돌아가려던 중 누군가 내게 말을 걸었다.

"이유리아!"

뒤를 돌아보니, 동급생으로 보이는 한 여학생이 서 있었다.

"응, 무슨 일이야?"

"이거"

여학생은 손에 쥐고 있던 것을 들어, 내 앞에 보였다. 편지 봉투. 틀림없이 그 사람이 보낸 것이라 생각했다.

"어떤 사람이 너한테 전해달래."

'이번에는 다른 사람을 통해서 전해주는 건가?'

나는 그 여학생에게 편지 봉투를 받았고, 임무를 마친 그 여학생이 뒤돌아 가려던 순간, 나는 한 가지 떠오르는 사실이 있었다. 여학생은 '누군가'로부터 편지를 '전해 달라'는 부탁을 받았다. 그렇다는 건 이 여학생은 지금 내게 편지를 보낸 사람의 존재를 알고 있다는 것.

"그럼-"

"아, 저기!"

"응?"

그 사람에 대한 궁금증에 나는 다급히 돌아가려는 그 여학생을 불러 세웠다.

"혹시, 그 사람, 그러니까… 나한테 편지 전해주라고 했던 사람 말이야."

"응."

"누군지 알아?"

"어… 글쎄. 난 처음 보는 얼굴이었어."

"그럼 혹시, 어떻게 생겼는지 얘기 좀 해줄 수 있어?"

"어… 정확히 기억은 안 나지만…."

여학생은 최대한 기억을 되살려 보려는 듯 고개를 숙이고 입술을 만지작거리며 잠시 동안 말이 없다가 마침내 천천히 입을 열었다.

"일단 교복을 보니 같은 학년인 것 같았어. 검은 머리에 앞머리가 있었고. 키는 너 보다는 조금 작았던 것 같고…."

여학생은 한 번 더 말을 멈추더니 다시 생각이 난 듯 계속해서 이어나갔다.

"얼굴은 전체적으로 둥글둥글한 게 강아지 상이었고, 목소리는… 톤이 낮은 편은 아니었는데… 아!"

여학생은 뭔가 중요한 게 생각이 난 듯, 고개를 들더니 한 층 목소리를 키워 내게 얘기했다.

"나한테 편지를 건네주고 돌아갈 때 3반 교실 쪽으로 갔던 것 같아."

나보다 키는 작고, 둥근 얼굴과 목소리 톤이 낮은 학생, 그리고 3반! 드디어 전혀 알지 못했던 편지의 주인에 대한 실마리가 풀리기 시작했다.

"알겠어. 알려 줘서 고마워."

나는 기대감에 부풀어 급히 1학년 3반 교실로 발을 돌리려던 찰나, 쉬는 시간이 끝났음을 알리는 종이 울려 어쩔 수 없이 반으로 돌아가야 했다.

수업이 시작되었지만 편지 주인 찾기에 빠진 나의 귀는 닫혀있어 수업 내용이 들어오지 않았다. 웬만하면 수업시간에 딴 짓은 하지 않기로 했지만 그 사람에 대한 수수께끼가 상당히 풀린 지금, 내 모든 신경은 그 무엇보다 편지 주인의 정체 찾기에 집중되어 있었다.

나는 아까 전 만난 여학생의 말을 종합해보며 편지 주인의 정체에 대한 추리를 시작했다.

1학년 3반 학생 중에 나를 잘 아는 사람.

'그런 사람이라면 나와 한 번이라도 같은 학교를 다닌 적이 있다는 말일까?'

1학년 3반 학생들 중에 내가 아는 사람.

'없어, 같은 중학교 나온 친구들 중에서도 3반인 애들은 없고.'

같은 중학교나 초등학교, 심지어는 같은 유치원 출신인 사람.

'중학교는 없고, 5 · 6학년 때 친구도 없는 것 같은데… 혹 내가 잘 기억 못하는 저학년 때나 유치원 친구가 있는건가?'

아무리 생각해보아도 명확한 결론이 날 기미가 보이질 않자, 나는 지푸라기라도 잡는 심정으로 아까 받은 편지 봉투를 몰래 꺼내 들어 편지지를 꺼내 보았다.

010-○○○○-□□□□

편지를 받으면, 여기로 전화 해 줘.

전하고 싶은 말이 있어.

- Katze

편지에는 누군가의 전화번호로 보이는 숫자들과, 편지를 받고 전화하라는 내용의 메시지가 담겨 있었다. 그리고 편지의 구석에, 영어는 아닌 것처럼 보이는 어떠한 글씨가 작게 쓰여 져 있었다.

'이건 뭐야. 캐이츠? 캣츠? 캐츠? 고양이?'

아마 그건 독일어로 고양이를 말하는 것 같았다. 고양이라 이게 대체 무슨 의미일까 하는 생각도 잠시, 문득 잊을 뻔했던 어릴 적 일이 생각났다.

:

'어?'

평범했던 어느 날. 하교 전 두고 가는 게 없는지 마지막으로 서랍을 확인하던 중 무언가가 내 가방 안에 있는 것을 발견했다. 그것은 두꺼운 크라프트 포장지를 붉은 리본으로 꼼꼼히 묶어 언뜻 보기에 선물을 포장한 것 같았다.

'누가 준 거지?'

나는 리본을 풀고 포장지를 열어 내용물을 확인했다. 그 안에는 고양이 모양 열쇠고리가 들어 있었다.

'와~ 귀여워.'

귀여운 열쇠고리에 반해 이리저리 돌려 보며 유심히 관찰하다가 포장지 속에서 무언가 더 들어가 있는 것이 느껴졌다. 나는 조심스레 그 안에서 곱게 접힌 편지지 한 장을 꺼낼 수 있었다.

'편지네?'

편지지를 펼쳐 보니, 삐뚤빼뚤하지만 아담한 글씨체로 누군가나에게 남긴 편지였다.

리아에게

안녕, 리아!
네가 날 기억할지 모르겠지만,
난 네게 큰 도움을 받았던 아이야.

네가 그날 날 괴롭히던 애들을 혼내 준 덕분에 그 날 이후로
더 이상 날 무시하지 않고 간섭하지도 않았어.

정말 고마워, 힘없고 재미없던 학교였는데
넌 작은 용기를 내게 해줬어.

하지만 너를 자주 보지 못한 게 아쉬워. 너는 내가
다가갈 수 없을 정도로 멋진 아이 같았거든.
그래도 괜찮아, 너와 함께 학교를 다닐 수 있었고
네가 날 도와준 것만으로도 난 충분히 기뻐.
우리, 이제 멀리 떨어져 다시 만나긴 어렵겠지만,
난 항상 네가 내게 심어준 용기를 잊지 않고
당당하고 멋진 사람으로 살아가 볼게!

내게 힘이 되어 줘서 고마워.
너도 꼭 행복하고 멋지게 살길 바래!
멀리서 응원할게!

고마운 마음을 담아서
한봄이

'한봄이…? 아, 혹시 예전에 모래상자에서 만난 그 앤가?'

편지를 처음 받아보는 것은 아니었지만 누군가가 나로 인해 용기를 얻고 새로운 변화를 만들었다는 것이 내게도 이렇게나 기분 좋은 일이라는 것을 알게 되었다.

'그 애들이 괴롭히지 않았다니 다행이다.'

나는 급히 다른 교실을 헤집어가며 한봄이를 찾아봤지만 선생님이 봄이는 오늘 전학을 갔다는 것을 알려 주셨다.

'꼭 다시 만나보고 싶었는데, 아휴 아쉽네.'

그렇게 아쉬운 마음을 뒤로 하고, 나는 그 편지를 오래도록 잊고 있었다.

그 이후로 시간이 흐르면서 초등학교를 졸업하고 중학교가 되어서도 한봄이를 만날 수 있을 일은 없었다. '한봄이'라는 이름을 듣고 기대감에 부풀어 찾아가보면 막상 이름만 같을 뿐 전혀 다른 사람만 있었다.

그 애를 만나고 싶던 심정은 단순히 '내게 편지를 줘서 고마워서'라고는 할 수 없었다. 무언가 한봄이는 내게 있어 '반드시 만나야만 할 사람' 같았다. 마음이 통할 것 같다. 그리고 지금 어떻게 살고 있는지 궁금하기도 했다. 그 애를 만나 대화를 하고 그 애와 친구가 되고 싶었다. 그냥 친구보다 더 가깝고 편한 사이가 될 수도 있을 것 같은 마음. 말로 정의할 수 없는 복잡하고 어려운 감정이었다.

야속하게도 나는 사막에서 바늘을 찾을 수 없듯 바쁘고 복잡한 일상 속에서 한봄이를 만날 틈을 찾을 수 없었다. 그래도 그 편지와 그 아이를 잊은 적은 없었다. 기쁜 일이 생기고 아픈 시련이 찾아와도 내 마음 한구석엔 언제나 그때 그 일이 추억처럼 아련히 남아 있었다.

눈치채지도 못하는 사이에 시간은 계속해서 흘러갔고, 다른 어릴 적 기억들이 그랬던 것처럼 한봄이라는 존재도 어쩔 수 없이 조금은 희미해져 갈 때쯤 나는 어느새 고등학생이 되어 있었다.

:

그래, 한.봄.이. 나는 자칫하면 잊을 뻔했던 그 이름이 떠올랐다. 나는 재빨리 가방 구석에 손을 넣어 아직 소중히 보관하고 부적처럼 여기고 있던 그걸 꺼냈다. 어릴 적 아꼈던 보물이자 추억. 고양이 모양 열쇠고리.

'혹시 고양이가 이걸 말하는 걸까?'

만약 그게 맞다면, 지금까지 내게 편지를 보내온 사람은 정말 한봄이였던 것일까? 내가 꼭 한번 만나기를 기다려 온 그 초등학교 시절 한봄이?

'드디어, 드디어 다시 만날 수 있어!'

딩 동 댕 동-

학교에 있을 시간이 모두 끝났다는 종소리가 울렸다. 나는 잽싸게 가방을 싸고 교실을 나왔다. 그리고는 교복 주머니 속의 휴대폰을 꺼내 들어 편지지에 적힌 숫자를 하나하나, 신중하게 눌렀고 혹시나 잘못 쓴 번호가 없는지 수차례 확인한 후 마침내 전화를 걸었다.

뚜루루- 뚜루루-

뚜루루- 뚜루루-

길어지는 통화음에 내 마음은 점점 초조해져만 갔고 문득 '지금은 못 받는 건가' 하는 생각이 들어 전화를 끊으려던 순간.

"여보세요?"

휴대폰 너머에서, 마침내 목소리가 들려왔다.

"… 여보세요?"

"여보세요?"

맑고 따뜻한 목소리. 아 그 아이인 것 같다. 내가 기다리던 목소리. 나는 흥분해서 이상한 말을 내뱉을 뻔했지만, 겨우 마음을 억누르고 침착하게 말을 꺼냈다.

"혹시, 여태까지 편지 보낸 사람이야?"

"… 응, 맞아. 리아- 아니, 이유리아 맞지?"

"응, 맞아."

"… 다행이다. 기뻐, 이렇게 네 목소리를 들을 수 있어서."

우리 둘 사이엔 잠시 침묵이 흘렀다. 아마 서로 상대방이 먼저 할 얘기가 있을까봐 기다리고 있었을 것이다. 그리고 기억 속의 상대가 맞는지 목소리로 희미한 기억을 되살려보고 있었을 것이다.

조금 기다려 봤지만, 전화기 너머는 쥐 죽은 듯이 조용했다. 상대방이 입을 열 기미가 보이지 않자 마음이 다급한 나는 먼저 말을 걸었다.

"저기, 네가 누군지 물어봐도 될까?"

"아, 그게……."

상대방은 무언가를 고민하는 듯 잠시 주춤거리더니,

"으, 저기… 기억할지 모르지만… 역시 말로 하는 건 힘드네!"

무언가 큰 결심을 한 듯 단호한 목소리고 내 질문에 답했다.

"잠깐만 전화 끊고 기다려 줄래? 내가 문자 보낼게!"

그 말과 동시에 전화가 끊어졌다. 아마도 나처럼 몹시 긴장했었나 보다. 그리고 몇 분 후 방금 전화 건 번호로부터 문자가 도착했다.

> *** | 반가워. 난 지금 네가 정말 보고 싶어.
> 곧 학교 뒷문에서 만나자.
> – 한봄이

한봄이.

문자에 적힌 그 이름이 너무도 반가웠다. 바로 신발장으로 달려가 재빠르게 신발을 갈아 신었다. 그리고는 교문 밖으로 뛰쳐나갔다. 급하게 신은 신발이 구겨졌지만 거슬리거나 불편하지도, 아프지도 않았다. 지금 내 모든 감각은 그 아이와 초등학교 시절 그 추억으로 향했다.

이런 기분. 말할 수 없는 설레임과 뿌듯함. 쳇바퀴 같은 일상 속에서 이제껏 잊고 있던 감정이 마음속 깊은 곳에서 파도처럼 밀려들어왔다. 마치 마음속에 봄이 온 것만 같았다. 따스한 바람이 내 몸을 감싸고 아름다운 하늘 아래 분홍빛 마을 꼭대기에 우두커니 서 있는 종

탑의 종소리가 울려 퍼져 마음속을 채우는 그런 기분.

정신을 차려 보니 나는 어느새 학교 뒷문에 도착해 요란스럽게 거친 숨을 내뱉고 있었다.

뒷문 옆 풍성한 잎을 날리는 나무 아래, 그 애가 서서히 불어오는 바람을 맞으며 한 폭의 그림처럼 벤치에 앉아 있었다. 달려온 나의 숨소리를 들은 것일까, 나무 아래 앉아있던 그 애의 시선은 곧장 나를 향했다.

복숭아 같이 흰 피부에, 둥글둥글한 얼굴과 비단결 같은 머리카락, 늦은 밤 달빛을 담은 바다보다 깊고 빛나는 푸른 두 눈. 틀림없이 그 애였다.

"한봄이…."

나는 이름을 불렀다. 그 애는 놀란 듯 입을 여린 두 손으로 감싸더니, 곧 두 눈에는 이슬 같은 눈물이 맺혔다.

"한봄이, 맞지?"

그 애는, 내게 대답이라도 하듯 고개를 끄덕이고 나를 향해 밝은 미소를 보였다.

"맞아."

보고 싶었던 내 친구. 이윽고 입을 열고 나지막이 흘러나왔다.

"반가워. 보고 싶었어, 봄아……."

◆ 04.

From. 문은영

 오늘은 그 애와 만나기로 약속한 날. 나는 약속 시간 30분 전부터 약속 장소 카페에 들어와 햇빛이 잘 드는 앉아 아이스티 한 잔을 마시고 있었다.

 딸랑-

 그러다 시간이 흘러 어느새 약속 시간이 되었다. 출입문에 달려있던 종이 울리는 소리와 함께, 만나기로 했던 그 애가 들어왔다.
 "한봄이!"
 나는 그 애의 이름을 불렀고 그 애는 소리가 난 쪽으로 몸을 돌렸다.
 "여기!"
 그 애는 나의 얼굴을 확인하고, 곧장 내가 앉아 있는 곳으로 다가왔다.
 "한봄이, 맞지?"
 "응, 네가 정말 '큐피트'야?"
 "맞아, 네 마음 속 소망을 이어준 사람."
 한봄이는 안심한 듯 한숨을 내쉬고는 내가 앉은 자리의 앞에 있는 의자에 자리를 잡고 앉았다.
 "정말 궁금했어, 날 도와준 사람이 대체 누구일지."

"그래, 그럴 만도 하지."

"그런데, 네 진짜 이름은 뭐야?"

나는 가방 속에 넣어 놓았던 학생증을 꺼내 한봄이에게 건네주었다.

"문은영. 이게 내 진짜 이름이야."

"문은영… 그렇구나. 고마워."

"그건 그렇고, 유리아랑은 잘 지내고 있어?"

"응? 리아?"

"그래, 너희 딱 붙어 다닌 지 6개월이나 지났잖아. 완전 찰떡이더만. 오랜만에 만나니까 생각하던 사람이 아니고, 실망스럽고 그런 거는 없어?"

"아, 벌써 6개월이나 지났구나…. 하하, 걱정 마. 우리 완전 절친이야. 내가 기억하고 있는 리아 모습 그대로. 완전 멋져!"

한봄이는 말을 멈추고 잠시 망설이더니 얘기를 이어갔다.

"사실 난 조심스러워서… 내가 유리아를 좋아하는 건 맞아. 그런데 이 감정이 정확히 어떤 것인지 모르겠어. 내가 유리아를 이성처럼 좋아하는 거처럼 보일까 봐. 어쩜 정말 그럴 수도 있는데 그건 아직 나도 잘 모르겠거든. 유리아가 부담스럽거나 괜한 오해를 받을까 봐 조심스럽기도 해."

"음, 하긴 지금 네 모습을 보면 그럴 만도 하지. 민시우였나? 네 친구 말이야. 걔는 어떻게 생각한데?"

"아, 시우도 뭐, 너 여자 좋아하냐? 라고 놀리긴 해."

한봄이는 갑자기 떠올리기 싫은 일이 떠올랐는지 얼굴이 붉게 달아오르더니 두 손으로 얼굴을 가리고 목소리를 한층 낮춘 후 조용히 얘기했다.

우리는 주문한 아이스티와 조각 케이크를 먹으면서 잠시 동안 대화에 빠져 있었다. 특별한 대화는 아니었다. 봄이는 나에게 고맙다는 말을 했고 그 다음엔 서로 요즘은 뭘 하고 지내는지 앞으로도 친하게 지내자, 그리고 꿈은 뭔지 등 친해지기 위한 아주 평범하고 평화로운 고등학생들의 대화였다.

음식을 다 먹고 일어날 정리를 할 때 쯤, 한봄이가 내게 말을 걸었다. "저기, 근데 넌 왜 날 도와준 거야?"

그 말을 들은 순간 여러 가지 생각이 들었다. 언젠간 얘기해야 할 상황이 생길 것을 예상은 하고 있었지만 막상 얘기해야 할 상황이 들이닥치니 입을 마음대로 움직이기 어려웠다.

"… 음. 난 네가 어떤 심정인지 알 수 있었거든."

나는 최대한 마음을 진정시키고 입 밖으로 말을 꺼냈다.

"기억날지 모르겠지만, 너랑 나, 같은 초등학교 출신이야."

한봄이는 몰랐다는 듯 나지막이 '어?'라는 내뱉으며 동그랗게 눈을 떴다. 어느 정도 예상한 반응이었기에 나는 아무렇지 않게 얘기를 이어나갈 수 있었다.

"내가 초등학교 다닐 때, 너와 난 다른 반이었지만 널 한 번 마주친 적이 있었거든. 그리고 그때, 난 너한테 좀 특별한 감정을 느꼈어. 네가 늘 힘들어 보여서 뭔가 널 지켜주고 싶었다고 해야 할까? 아무튼 친해지고 곁에 있고 싶었어."

나는 한봄이의 얼굴을 보지 않고 얘기를 이어가야 했다. 내 말을 들었을 때, 한봄이의 심정이 괜히 복잡해지는 것을 보고 싶지는 않았기에. 그럼 부담스럽게 느낄까 봐.

"그래, 아마 널 좋아했던 거 같아. 아, 물론 지금은 절대 아니야. 지금은 나도 사귀는 남자친구 있으니까. 왜 어렸을 때는 남자든 여자든 필 꽂히고 좋아하는 그런 사람 있잖아. 친해지고 싶은 사람. 관심 받고 싶은 사람."

나는 잠시 말을 멈추고 한봄이의 표정을 살폈다. 아주 약간 놀란 것처럼 보였지만, 조금은 마음이 놓이는 듯한 느낌이 들었다. 나는 안심하고 말을 이어나갔다.

"그리고 나서 고등학교 입학했을 때, 유리아를 보는 네 모습이 보였어. 네 눈은 내가 본 그 어느 때보다 더 빛나고 아름다웠어. 그래서 딱 눈치챘지. '아, 쟤가 유리아를 좋아하는구나.' 나는 그런 감정을 아니까, 네가 어떤 심정일지도 생각 해봤어. 울 것만 같은 네 눈빛 속에 무언가 사연이 있구나. 아마 나보다 더 간절하고, 절박한가 보구나 싶었어."

한봄이는 계속 나를 보고 있었고 나도 조금씩 고개를 들어 봄이와 눈을 맞췄다.

"그래서 도와준 거야. 나도 너와 같은 처지에 있어 본 적이 있으니까. 네가 얼마나 마음이 외로운지. 간절한지 아니까."

"그랬구나… 말해줘서 고마워."

먹은 것을 다 정리하고 카페를 나와서, 우리는 작별 인사를 나눴다.

"저기, 문은영-"

"편하게 은영이라 불러."

"아, 그래, 은영아."

한봄이는 머뭇거리더니 고개를 숙이고 말을 했다.

"이사 간다고 했지?"

"응 바로 내일. 이사가 아니라 이민이야."

"그럼, 이젠 못 보겠네?"

"응, 외국으로 가니까. 전화번호도 바꿔야 할 거고."

"……."

"왜 그래, 그런 표정 짓지 마. 괜히 나까지 슬프게."

"그렇지만, 그동안 한 번도 못 만났었는데. 이제야 처음으로 만나는 건데. 이게 처음이자 마지막으로 보게 되는 거잖아……."

"……."

"이렇게 보내기엔 너무 고맙고 아쉬워서……."

"……."

"그동안, 정말 고마웠어. 다 네 덕분이야."

"아니야, 난 전하기만 했지, 방법이 어찌 됐든 유리아를 향한 마음은 다 네 진심이었잖아. 너 힘들 때 유리아가 도와줬다는 이야기 들었어. 앞으로도 두 사람 좋은 인연으로 오래오래 함께 친했으면 좋겠어. 나도 좋은 시간이었어."

나는 한봄이를 향해 최대한 밝은 미소를 보였다. 그리고 그에 응답하듯이 한봄이도 눈물이 맺히긴 했지만 나를 향해 예쁜 미소를 보였다. 아름답고 따뜻한 모습이었다.

한봄이는 마지막으로 나를 한 번 꼭 안아주고, 우리는 손을 흔들고 각자의 길을 향해 걸어갔다.

"잘 가. 잘 지내,"

"너도 앞으로 잘 지내, 절친이랑 싸우지 말고!"

"우리 늘 행복하자."

나는 한봄이가 잘 돌아가는지 지켜봤다. 한봄이는 힘없이 터벅터
벅 걸어가더니, 갑자기 가던 길을 멈춰 섰고 눈물을 흘리는 듯 옷소
매로 얼굴을 감싸는 모습이 보였다. 그래도 금방 고개를 들고 다시
힘찬 발걸음으로 앞을 향해 걸어가는 모습에 난 안심할 수 있었다.

그러던 중 저 멀리 어딘가에서 유리아가 한봄이를 향해 걸어왔다.
유리아를 본 한봄이는 반갑게 달려가 함께 속삭이며 걸어갔다. 그 누
구보다 예쁘고 사랑스러운 소녀들이었다.

그렇게 둘은 점점 내 시야에서 멀어져 갔고 그 애가 완전히 보이
지 않게 되었을 때,

나는 몸을 돌려 다시 카페로 향했다.

딸랑-

나는 한봄이와 내가 앉았던 자리의 바로 뒷자리에 앉아 있던 그 애
와 마주 보고 앉았다.

"봄이는 잘 갔어."

"응, 고마워. 대신 전해 줘서."

"…… 희연아."

설희연.

내가 아닌 진짜 '큐피트'. 그동안 한봄이와 유리아를 도운 건 내가 아닌 설희연이었다.

"정말 네가 안 가 봐도 되겠어?"

"응, 괜찮아. 어차피 그 애는 날 보고 싶지도 않았을 거야."

희연이는 나와 눈도 마주치지 않고 고개를 숙여 조각 케이크를 조금씩 떠먹고 있었다.

"… 네가 한봄이한테 큰 마음의 짐이 있었다는 거,"

"……."

"이제 괜찮아?"

"… 응."

희연이는 아무 말 없이 아이스티를 마시더니, 깊은 한숨을 내쉰 뒤 다시 입을 열었다.

"사실 걔랑 나는 어렸을 때는 엄청 친했어. 같은 아파트 살았고, 함께 하는 시간도 많았고. 그리고 평생을 함께 하고 싶은 친한 애였어. 그런데 부모님 때문에… 내가 걔한테 상처 준 게 진짜 많아. 부모님 일은 걔 탓이 아닌데 말이야. 내가 괴롭히는 바람에 늘 완전 혼자였거든. 봄이. 전학도 나 때문에 간 게 아닌가 싶고. 걔 탓이 아니었는데 말이야. 시간이 지나고 나니까 내가 한 행동들이 미안했어. 나 스스로도 너무 힘들었을 때라서 누군가에게 그 분노를 표출하고 싶었나 봐. 그 애에게 모질게 대해서 그 애와 가까워지지 않으려 했어."

희연이는 또 한 번 아이스티가 든 컵을 집어올리고, 다시 입을 열었다.

"시간이 지나면 잊혀질 거라 생각했는데 그건, 죄책감으로 더 커져 버렸어."

희연이의 목소리가 흔들리기 시작했다.

"지금 생각해보면 봄이 잘못도 아닌데, 난 너무 멍청했어. 겉으로는 완벽한 우리 집을 깨트렸다는 걸 그 애 탓으로 돌리고 싶었나 봐. 내 불행의 원인이 걔라고 생각했고 더 이상 그 애랑 엮이면 안 된다는 생각에 그만… 그 아이의 어린 시절을 다 망친 것 같아. 난 그 애에게 다가갈 자격이 없어."

난 희연이에게 티슈 한 장을 건네며 물었다.

"그럼, 그래서 그 애를 도운 거야?"

"이렇게 하는 게 내가 그 애에게 용서받을 수 있는 유일한 일이라 생각했어. 얼마나 힘들었겠어. 그 애 앞에 다신 나타나지 않고, 행복하게 만들어 주는 게 이제 내 일인 것 같아."

희연이는 티슈로 흘러내리는 눈물을 닦으며 얘기했다.

"마침 이유리아도 같은 학교 학생이고 유리아 보는 봄이 모습을 보고 생각이 났어. 봄이가 유리아 엄청 따랐거든. 누가 봐도 티나게. '아… 아직도 좋아하는 구나' 싶어서 도와줬지."

"그럼, 화해하고 싶은 네 진심은 전하지 않아도 되는 거야?"

"… 아마 봄이는 나랑 별로 이야기 안 하고 싶을 거야. 봄이랑 같은 반 된 거 나도 당연히 몰랐거든. 반에서 그 이름 봤을 때 봄이도 엄청 당황한 눈치였고, 일부러 나는 모르는 척 무심한 척했어. 다시 친해지긴 어려울 테니까 그냥 모르는 척하는 게 더 나은 것 같아서."

희연이는 티슈로 두 눈을 가렸다.

"물론 언젠가 그 애를 찾아가 진심으로 사과하고 용서를 빌 거야.

그때 내가 저지른 일에 대해서."

희연이는 떨리는 목소리를 잠시 멈추고는 티슈를 쓰레기통에 던지고 얘기를 이어갔다.

"그리고 나서는 그 애와 다신 엮이지 않을 거야, 그게 봄이한테도 나한테도 좋겠지. 부모님은 부모님. 우린 우리니까."

◆ Epilogue. 01

From. 유겨울

내 이름, '유겨울'이라는 이름을 듣는다면 다들 '양아치', '폭력배', '문제아', 등의 수식어를 붙인다. 그런 말들이 크게 신경 쓰이진 않았다. 딱히 틀렸다고 부정할 만한 말들도 아니라서. 그렇다고 해서 내가 갱생불가 쓰레기 같은 놈은 아니다. 그냥 공부엔 관심 없고 먼저 귀찮게 하거나 시비 거는 애들이랑 싸우다 그런 것 뿐. 다만 그러한 이미지가 잘못 만들어져 별 이상한 소문이 돌기는 했지만.

고등학교 입학식 날. 배정된 교실을 찾아가 문을 열었다. 문이 열리는 소리를 들은 학생들의 시선은 일제히 나를 향했고, 나는 그들을 무시하고 교실 안으로 발을 들였다.

내가 앉을 자리는 교실 가장 구석 창가 자리. 나는 가방을 벗어 책상 옆에 아무렇게나 세우고 책상에 엎드렸다. 여기저기서 나에 대해

수군수군 얘기하는 소리가 들리긴 했지만, 여러 번 겪어 왔기에 무시하고 잠을 청했다.

"저기"

나도 모르는 사이에 잠에 들려는 찰나였다.

언제 앉았는지 모를 옆자리에 한 남자애가 말을 걸었다. 곱슬머리에 중학생인가 착각할 정도로 조그만 덩치. 그 녀석은 나에 대해 잘 모르는 듯, 이제껏 듣지 못한 온순한 목소리로 말을 걸었다.

"미안, 선생님께서 깨우라 하셔서."

녀석은 마치 자기 잘못인 마냥 눈썹을 한껏 내려 미안한 표정을 지었다.

나는 몸을 일으켰고 나를 본 선생님은 이제 됐다는 듯 새 학기 생활과 학급 규칙 얘기를 늘어놓았다. 물론 그 지루하고 잠을 유발하는 목소리는 내 귀엔 들어오지 않았다. 그렇게 멍 때리며 시간이 지나가길 기다리던 중, 옆자리 녀석이 또 한 번 조용히 말을 걸었다.

"이름이 뭐야?"

웬만해선 귀찮아서 무시하려 했으나, 선하게 반짝대는 그 녀석의 눈빛 때문에 무시했다간 괜히 더 귀찮아질 것만 같아서 그냥 짧게 대답했다.

"유겨울."

"아, 잘 부탁해."

나잇값 못하고 마치 어린 아이인 양 해맑게 웃어대는 그 녀석의 모습이 짜증나기도 했지만, 그래도 내게 호의적으로 대한 사람이라 그런가, 큰 감흥은 없었다. 오히려 최대한 긍정적으로 생각하고 있었다.

'꼭 생긴 게 강아지 같네.'

"넌?"

평소 같았으면 진작 대화를 끝냈겠지만, 어째서인지 그 녀석을 무시하고 싶은 마음이 들진 않았다. 그래서 평소에는 하지도 않았을, 그 녀석의 이름을 물어봤다.

그 녀석은 또 한 번 주인 잘 따르는 강아지마냥 활짝 웃고는 대답했다.

"민시우라고 해."

며칠 후, 하굣길, 나는 노을이 지는 하늘을 배경으로 집으로 향하던 길에 익숙한 녀석과 마주쳤다.

"어?"

민시우. 그 녀석이었다. 다만 학교에서 보던 모습과는 조금은 다른 모습이었다. 그의 등엔 5살 남짓해 보이는 남자아이가 한 손엔 5살 남짓해 보이는 여자아이의 손을 잡고 걷고 있었다. 민시우는 나와 눈이 마주치고 먹이 찾아서 신난 강아지처럼 해맑게 말을 걸었다.

"안녕!"

"어."

"이렇게 만나네. 집에 가는 길이야?"

"응."

"어디로 가, 이쪽?"

"응."

"잘 됐다, 나도 같은 방향인데. 같이 갈래?"

들어보니 마침 향하는 방향이 같아서, 나는 별생각 없이 그 녀석의 옆에 서서 함께 걸어갔다.

"… 네 애들이냐?"

"으어? 무슨 그런 위험한 농담을~! 아니야, 동생들이야!"

농담으로 던진 말이었지만, 민시우의 생각보다 큰 반응에 헛웃음이 새어 나왔다.

"아, 꽤 나이차가 있어 보이길래."

"하하, 꽤 늦둥이긴 하지."

"그나저나, 네가 매일 얘네 데리고 가는 거야?"

"응, 누나는 직장 일 때문에 바빠서."

"부모님은?"

"어… 두 분 다 외지에 계셔서… 긴 사정이 좀 있어."

"아… 미안."

우리 사이엔 잠시 침묵이 생겼고, 어떻게 해야 하나 난처한 그 때, 민시우의 여동생이 말을 걸었다.

"오빠, 저 사람은 누구야?"

"아, 오빠 같은 반 친구야."

"흐음, 되게 못되게 생겼는데?"

어린 애라 그런 것일까, 그 아이의 솔직함은 당황스러울 정도였다. 나는 어린 애들에게까지 나쁜 놈 취급을 받는다는 사실에 적지 않게 충격 받던 중, 민시우가 여동생을 말렸다.

"아니야, 겨울이 오빠는 되게 좋은 친구야."

그의 한 마디에 기분이 이상하고도 좋았다. 이제껏 나쁜 놈 취급만

받아왔었는데, 민시우는 그걸 부정해주고 있으니 처음 듣는 소리에 기쁜 것 같기도 하고, 혹시나 내 앞이라 일부러 좋게 말하는 건가 싶기도 하고. 하지만, 그 애의 진지한 표정에서 가식 따위는 찾아볼 수 없었다. 그렇기에 나는 조금은 걱정을 내려놓고, 그냥 내가 듣고 싶은 대로 들었다. 민시우는 내가 나쁜 사람이라 생각하지 않는다고.

"우리 시연이, 그런 말 함부로 하면 안 돼요!"

민시우는 시연이라는 동생을 혼내지만, 병아리가 새끼 고양이한테 대드는 것마냥 전혀 무섭지 않고 오히려 만만해 보였다.

괜히 해맑은 동생들 때문에 시우가 난처해질까 봐 난 무슨 말이라도 해야 할 것 같아서 말했다.

"귀엽네."

"응?"

"네 동생들."

"아, 고마워!"

그 일이 있고 얼마 후, 우리는 얼마 안 가 다시 만날 기회가 또 다시 생겼다.

그날 나는 저녁에 입이 심심해서 집 근처 편의점을 향한 참이었다.

"어?"

편의점에는, 민시우 녀석이 아르바이트를 하고 있었다.

"또 만나네! 우리 되게 자주 보는 느낌이다."

"응, 그러네."

"이 근처에 살아?"

"응. 바로 이 앞 아파트."

또 한 번 해맑게 웃는 민시우의 옆으로 시선을 약간 돌려 보니, 그 녀석은 계산대 옆에 교과서인지 문제집인지 공부할 거리를 쌓아 놓았다.

'저녁 아르바이트 하면서 공부까지 하는 거야?'

나는 음식을 고르면서도 시선은 계속해서 그 녀석을 향했다. 계산하는 사람이 없을 때를 틈타 틈틈이 책을 펼쳐 공부하고 졸리는지 고개를 꾸벅이는 녀석의 모습이 보였다.

나는 대충 먹을 만한 것들을 골라 계산대에 가져갔고 민시우에게 말을 걸어 봤다.

"… 안 힘드냐?"

"응? 아, 조금 피곤하긴 한데. 괜찮아!"

평소 같았으면 말도 안 걸었을 나였지만 때 묻지 않은 그 녀석의 밝은 웃음에 홀리기라도 한 걸까, 그날은 왠지 평소답지 않게 행동하고 싶었다.

나는 계산한 주스 중 하나를 집어 들어 민시우에게 건넸다.

"자, 먹어."

"어? 아냐, 괜찮아!"

"먹으면서 해. 이 자식아. 무리해서 쓰러지지나 말고."

계산한 음식을 챙겨 편의점을 나와 집으로 가는 걸음걸이를 재촉했다. 그 녀석의 얼굴을 한 번 더 봤다간 정말로 괜히 기분이 이상해질 것 같아서.

'내가 왜 이러지?'

다음날 아침. 언제나 학교 가는 데 싫증을 느꼈던 나인데 왠지 싫은 느낌이 들지 않았다. 학교를 떠올리니 계속해서 민시우 그 녀석이 떠올랐다. 나를 향해 밝고 예쁘게 웃어주던 녀석의 모습이 마치 강아지가 기분 좋아 꼬리 흔드는 것 같다. 마냥 해맑은 그 녀석의 모습에 기분이 좋아진다.

'희한하네. 그 녀석이 보고 싶어지고 말이야. 괜찮은 녀석'

그렇게 생각하며 학교에 도착해 신발장을 열고 신발을 갈아 신던 중, 이전에 보지 못한 흰색 무언가가 내 눈에 들어왔다. 나는 손을 뻗어 어두운 신발장에서 그것을 꺼냈다. 밝은 전등 아래에서 다시 보니 그것의 정체는 빨간 하트 모양 스티커가 붙여진 하얀 편지 봉투였다.

'편지?'

THE END.

글을 마치며

From. 최수환

제가 이 책 쓰기 동아리에 들어온 건 제가 글쓰기를 좋아했기 때문입니다. 처음에는 넘치는 열정으로 장편 소설로 써 볼 생각이었지만 학업의 문제로 도저히 글을 쓸 시간이 나질 않았습니다. 그래서 최대한 시간을 쪼개 사용해가며 글을 쓰고자 했으나 편안한 마음이 생기지 않으면 글을 쓸 수 없었기 때문에 마음대로 쓰이지가 않았습니다. 그렇게 포기하리라 생각하던 중 선생님께서 시간을 더 주셨고 시험이 끝난 시점에서야 조금이라도 더 글을 쓸 수 있겠다 싶어 열정을 모아 부족하지만 이렇게 완성하게 되었습니다.

이 글을 쓰면서 느낀 건 머리로 아무리 스토리를 짜도 막상 글로 옮겨 쓴다는 것은 어렵다는 것입니다. 그렇지만 저는 아직 글쓰기에 강한 흥미가 남아있고, 아직 글쓰기를 계속 하고 싶어 한다는 제 마음 또한 느끼게 되었습니다.

소설 이야기를 잠깐 해보자면 원래는 '나, 너 그리고 편지'와는 전혀 다른 내용의 소설을 쓸 생각이었습니다. 그러나 너무 긴 흐름이라 앞서 이야기처럼 시간상의 문제로 포기해야 했고, 마감이 얼마 남은 시점에서 처음부터 다시 재구성해 이 글을 쓰게 되었습니다. 처음 기획한 내용과는 완전히 달라졌고 짧은 시간 동안 급하게 쓰다 보니 미흡하지만 제가 쓴 글이기에 저는 이 이야기에 애정을 듬뿍 느끼고 있습니다.

작중에서 아쉬운 부분도 적지 않게 있습니다. 희연이가 봄이에게 직접 사과하는 장면 등 더 다양한 이야기를 추가할 예정이었지만 시간이 부족해 어쩔 수 없이 둘의 사이는 약간은 아쉽게 끝나버렸네요. 또한 겨울이와 시우의 스토리도 약간은 보여줄 생각이었지만, 이마저도 시간상 생략하게 되었고 간접적으로만 보여주게 되었네요. 처음에 선생님은 염려를 조금 하셨습니다. 제 주인공들의 이야기들이 흔하다고는 할 수 없는 감정이라 조심스러운 부분도 있었기 때문이죠. 하지만 이는 청소년기에 누구나 한 번쯤은 겪을 수도 있는 일이 아닐까 합니다. 사랑의 대상이나 방식은 사람마다 다르고, 막연히 동경하고 의지하는 대상이 생기기 마련이니까요.

우정과 사랑을 넘어서서 제가 이 이야기를 통해서 하고 싶은 이야기는 딱 한 가지입니다. 누구나 자신의 감정에 솔직해질 필요가 있다는 것. 아무리 주변에서 본인의 감정을 나무란대도, 그 감정은 남의 것이 아닌 자기 자신만의 것이기 때문에 남에게 방해받을 이유가 없다고 생각합니다. 스스로가 애써 자신의 감정을 부정한다면, 그것은 오히려 더 나쁜 결과를 불러일으킬지도 모릅니다. 그러니 과정과 결과가 어떻게 되는지 알 수 없고 그 결과가 나쁘던 좋던 간에 스스로 책임감을 가지고, 숨기는 것보다 솔직하게 있는 그대로 보여주고 표현하는 것이 무엇보다 중요하다는 것을 알아줬으면 합니다. 그것이 우리가 반짝이며 성장 할 수 있는 방법이라고 생각합니다.

이렇게 해서 저의 글은 모두 끝났습니다. 비록 더 매끄럽게 마무리

하지 못한 것이 아쉽지만, 짧은 시간 동안 정말 즐거운 마음으로 열심히 쓴 저의 글이기에 후회는 남아있지 않습니다.

부족한 글 끝까지 읽어주신 분들께 감사 인사를 전하며 이만 글을 마치도록 하겠습니다.

감사합니다.